Антология современной

русской экологической литературы

俄 罗 斯 当 代 生 态 文 学 作 品 集

U0951683

Владимир Клавдиевич Арсеньев

弗拉基米尔·克拉夫季耶维奇·阿尔谢尼耶夫

## 作者简介

弗拉基米尔·克拉夫季耶维奇·阿尔谢尼耶夫于 1872 年 9 月 10 日出生于俄罗斯圣彼得堡的一个铁路职员家庭。他从小就酷爱读书，尤其是科普、自然类的书籍。1892 年他应征入伍，被派往圣彼得堡陆军士官学校学习。他的老师之中有著名的中亚地区研究者、地理学家 M.E. 格鲁姆·格尔日麦罗。格尔日麦罗对兴趣广泛的天才学生阿尔谢尼耶夫极为关注，给了他很多关于西伯利亚、阿尔泰、帕米尔高原等地区的地理书籍。在这些书籍中，阿尔谢尼耶夫最感兴趣的是东西伯利亚地区的地理知识，那时，他就立志从事对遥远的边疆地区的研究工作。1896 年从士官学校毕业后，他被派往波兰服役，但很快又被调到了远东地区。多年以后，阿尔谢尼耶夫曾写道："我从少年时期就向往乌苏里边疆区，当时阅读了关于这一地区的所有文献。当我的愿望真正实现并来到远东地区的那一刻，我心潮澎湃，百感交集。"

1899 年年末，阿尔谢尼耶夫来到了俄罗斯远东地区，并把自己后来的三十余年全部献给了对这一地区的研究。1900 年，阿尔谢尼耶夫完成了第一次地理考察。他的考察路线从符拉迪沃斯托克市的周边地区开始，范围逐渐扩大，一直延伸到穆拉维约夫－阿穆尔半岛的所有区域。第一次考察的结果就得到了人们的高度评价，阿尔谢尼耶夫也凭借此次地理考察所取得的成就而被任命为边疆区军事狩猎队队长。这给了他对滨海边疆区进行系统研究的机会。但当时关于这一地区的材料不仅极其贫乏，也非常零散。1902—1903 年，他在滨海边疆区南部的个别地区进行了多次考察，对沿途的地形地貌拍摄了很多照片。与此同时，他还对这一带的民族学内容进行了详细考察，收集了很多该区域的植物和动物资料。有一些路线，除了当地的猎人和人参采集者，是从没有人涉足过的。

1902 年，在一次长途考察过程中，阿尔谢尼耶夫认识了当地的一个赫哲人德尔苏·乌扎拉，这个经验丰富的猎人后来伴随阿尔谢尼耶夫完成了远东地区所有的地理考察。德尔苏·乌扎拉向他介绍了当地很多动物的习性、当地土著居民的生活习俗，以及他们的宗教信仰，向他揭开了乌苏里边疆区原始森林的神秘面纱。同时，这个赫哲人也不止一次地救过他的性命。

阿尔谢尼耶夫在考察中收集到的各种材料成为他在阿穆尔地区地理学会（现为俄罗斯地理学会滨海边疆区分会）多次会议上的发言素材。所以当时阿穆尔地区地理学会的领导就产生了对乌苏里边疆区进行全面系统考察的想法。这一任务就落在了年轻的、精力充沛的地理研究者阿尔谢尼耶夫身上。

1906 年，阿尔谢尼耶夫组织了第一次赴锡霍特－阿林山脉地区的大型地理考察，考察路线深入外乌苏里边疆区一带，自乌苏里江和伊曼河的分水岭开始，直至日本海沿岸地区。本次考察历时 190 天，翻越锡霍特－阿林山脉主峰 10 次。

1907 年，阿尔谢尼耶夫率领的考察队继续考察锡霍特－阿林山脉。这一次，他们从日本海沿岸出发，4 次翻越锡霍特－阿林山脉的主峰，详细考察并描述了锡霍特－阿林山脉从西坡注入伊曼河和比金河流域的河流和隘口，以及从其东坡注入日本海的河流和隘口情况。这次考察共持续了 210 天，从夏初一直到寒冷的冬季。

1908 年，阿尔谢尼耶夫受俄罗斯国家地理学会的委托，率队开展了第三次大型地理考察活动。这次考察的区域主要是俄罗斯滨海边疆区的北部，涵盖了萨马尔加河、霍尔河、图姆宁河、阿纽伊河等流域以及鞑靼海峡沿岸地区。此次考察历时 19 个月，直至 1910 年深冬时才结束。在此次考察中，他们翻越了 7 次锡霍特－阿林山脉。此后，阿尔谢尼耶夫系统整理了所有收集到的资料，并于 1912 年发表了基础性研究著作《1901—1911 年乌苏里边疆区军事地理概要》。

1911 年，阿尔谢尼耶夫又赴滨海边疆区的南部进行了短期考察，填补了一些资料上的空白。在这次考察过程中，他特别关注了乌苏里边疆区当地土著居民的民族学问题，包括奥罗奇族、乌德盖族、赫哲族等民族。此外，他还收集了有关该地区 7—8 世纪时期地理特征的原始资料。他完成的相关资料描述、素描画、照片、个别古迹的测量数据信息等资料达到 228 个。

1912 年秋，阿尔谢尼耶夫又做了一次短期考察，此次考察是从符拉迪沃斯托克乘船向北出发，然后沿着海岸线抵达塔科马河，再翻越锡霍特 – 阿林山脉，经阿尔穆河到伊曼河，而后又沿着伊曼河到达铁路线。

在十月革命前夕，阿尔谢尼耶夫的生活和创作变得异常艰难。他把自己的全部力量、知识和能力都奉献给了远东地区，却遭到了当时滨海边疆区的行政长官、将军 N.L. 关达基及其他高层人物的不公正对待，他的地理研究工作也遭到了各种干预。尽管如此，阿尔谢尼耶夫仍然坚持做科研考察，他坚信真理，深刻认识到边疆区自然环境和丰富资源的重要性。在苏维埃政权初期，阿尔谢尼耶夫积极参与远东地区教育和科研机构的学术活动。1917—1927 年，他曾担任哈巴罗夫斯克和符拉迪沃斯托克地方历史博物馆馆长、远东地区少数民族事务委员会委员、远东师范学院地方史系和人种学系教授，并多次在远东国立大学做学术讲座。与此同时，阿尔谢尼耶夫一直坚持做地理考察工作。1917 年冬，率队赴哈巴罗夫斯克边疆区西北部进行考察；1918 年，受滨海边疆区移民管理局委托，赴堪察加半岛做地理考察。在此次考察期间，他搜集了很多关于堪察加半岛、火山活动、自古就生存在堪察加半岛的动物（如犀牛和猛犸象）的地理资料。在去堪察加半岛的途中，阿尔谢尼耶夫访问了日本的函馆港，在那里考察了北海道南部的古生物收藏品。

1922年，阿尔谢尼耶夫再次向北进发，对鄂霍夫克海沿岸的渔业经济状况进行考察研究。1923年，他再次赴堪察加半岛考察。1926年，他率队对哈巴罗夫斯克州进行了综合地理考察。1927年，他完成了从苏维埃港至哈巴罗夫斯克这一路线的大型考察，其任务是研究哈巴罗夫斯克边疆区的渔业和农业发展前景。1930年，阿尔谢尼耶夫作为新铁路沿线地区经济调查局局长，领导了该地区的四次大型考察。最后，阿尔谢尼耶夫在原始森林里患上了重症肺炎，于1930年9月4日在符拉迪沃斯托克逝世。

阿尔谢尼耶夫一生共完成62部著作，其中包括纯学术性著作、科普性著作和文艺科普性作品。他第一次对锡霍特－阿林山脉、山岭及其周边山峰的地形特征进行了详尽的描述，确定了锡霍特－阿林山脉22个山口的具体位置，其中一部分就是由他命名的。一些山口在他的考察之后铺设了公路和铁路线。此外，阿尔谢尼耶夫详细描写了锡霍特－阿林山脉的河流体系，测量出许多河流及其支流的长度、宽度、深度、流速，并详细描述了其水文特征。在研究该地区河流的过程中，阿尔谢尼耶夫对其河流的特殊现象进行了特殊说明，如水位快速上升、经常发生洪水、洪水后出现新的河床和凹陷情况等。此外，阿尔谢尼耶夫还对滨海边疆区的矿泉储量和地质情况进行了详细描述。虽然不是植物和动物学专家，但他在自己的著作中详尽描述了一些动植物的地理分布和重要的种类。在每次考察中，阿尔谢尼耶夫都特别关注该地区少数民族的语言、习俗、信仰、生活和生产方式等特征，尤其是对原始森林里外来民族的显著特征进行了详尽描述，包括背井离乡来此地谋生的中国猎人的生活方式。

在对阿尔谢尼耶夫在各领域学术和考察活动进行简要概述的同时，我们还需要指出的是，为他带来世界性声誉的是他记录其大型考察的四部文艺科普性作品。前两部作品《乌苏里边疆区游记》和《德尔苏·乌扎拉》分别于 1921 年和 1923 年在符拉迪沃斯托克出版。这两部作品所描述的事件源于 1906 年和 1907 年的两次考察。这两部作品一经出版，就受到了俄罗斯国内外的极大关注。1908—1910 年期间的考察则被写入《在锡霍特－阿林山脉》一书中。1927 年的考察过程被记录在《穿越原始森林》一书中。

作为一个优秀的旅行者和地理研究者，阿尔谢尼耶夫的作品反映了他深厚的爱国主义情怀和生态保护的思想，尽管这些作品都是多年前创作的，但至今仍然是文艺科普性地理文学作品的典范，值得我国年轻一代的读者阅读。

# 穿越原始森林

[俄] 弗拉基米尔·克拉夫季耶维奇·阿尔谢尼耶夫 著

王金玲 主编

李更伟 译

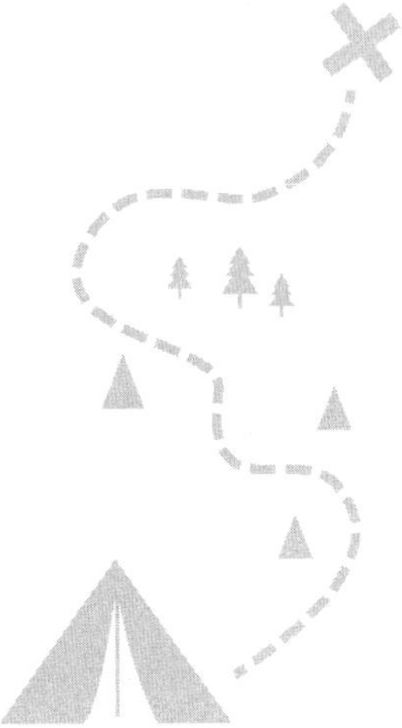

西苑出版社
XIYUAN PUBLISHING HOUSE
·北京·

如果正确地生活，

森林和人类都会善始善终。

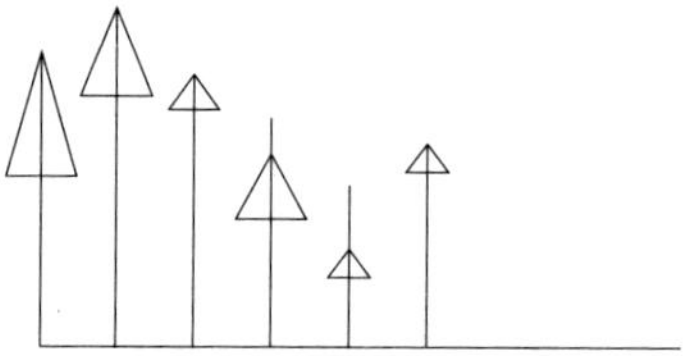

# 目 录

# * 序言

人就是从他周围的环境中感受到的一切的某种总和。

——克日维茨基

1927 年远东移民局组织了苏维埃港—哈巴罗夫斯克这一路线的探险考察。考察队在最终考察结束后要为哈巴罗夫斯克政府和对当地开发问题感兴趣的人士提供专业性的考察报告。本书为笔者整理的旅行日记，读者通过此书可以了解到关于俄罗斯北部地区（地理上称为“乌苏里边疆区”）的自然状况概述。书中有大量篇幅描写了当地的原住民。读者也可以通过一系列原住民的禁忌，了解到奥罗奇人和乌德盖人的真实生活。实际上，他们生活在荒野的森林之中，狩猎时每走一步都要谨小慎微；因眼界受到局限，他们总是以“邪灵说”来解读外部世界的各种现象。

笔者把在探险中取得的成就归功于“森林人”(探险队的队友们)，本次考察的结果得益于这些考察队友尽心竭力的工作和坚持不懈的努力。他们的名字也会出现在本文中。

远东移民局的 V.I. 马尔奇亚诺夫为当时的领队。他也是本次苏维埃港—哈巴罗夫斯克探险考察的发起者。本次探险中地植类的考察由远东国立大学 V.M. 萨维奇教授和他的学生们负责完成，他们分别是 N.E. 卡巴诺夫、K.K. 维索斯基、G.I. 卡列夫、P.S. 冈察洛夫。应用生物学渔业类动物的考察材料由 A. I. 卡尔达科夫负责完成。

笔者还对路线规划工程师 H.H. 马祖洛夫和森林警卫队的官员 K.I. 纳杰日金以及 K.G. 奥西博夫的辛苦付出表达了谢意。

由 V.M. 萨维奇教授负责撰写书中与植物相关的内容，而动植物学部分由 Γ.H. 格索夫斯基负责撰写。鱼类学名由 G. U. 林德伯格负责校对，蜘蛛类学名由 A. I. 施密特负责核查。

在苏维埃港考察时，探险队曾借住过 K.I. 卡巴杰夫家；途中遇到过洪水，曾避难于乌德盖人英希·阿姆连科的住所；在阿那斯塔希耶夫克村考察时，曾宿营在远东移民局的工区主任 V.I. 德维冈采夫的家中。考察途中被派去阿尔穆河求助的奥罗奇人得到了国营远东贸易公司特洛伊茨分公司 G.P. 叶尔莫申经理的大力协助。

笔者对上述所有参与 1927 年考察工作并与他联合开展探险工作的人表示感谢，在他们的大力协助下，笔者才得以完成这一宏大的地理考察任务。

此外，F. F 阿里斯托夫教授对本书的印刷竭尽了全力，笔者对此一并表示衷心的感谢。

笔者 1929 年 1 月 20 日于符拉迪沃斯托克

## I. 前期准备和出发

对乌苏里边疆区在阿穆尔河下游一带的基济湖、鞑靼海峡和霍尔河边区的考察问题在 1908 年被提出之后，俄罗斯地理学会阿穆尔分会派遣了一支由我带领的探险队对这一带进行考察。探险队在锡霍特－阿林山脉北部区域连续考察了两年。

1926 年至 1927 年，俄罗斯地理学会阿穆尔分会决定组建探险队，主要任务是解决霍尔河、阿纽伊河、科皮河、哈佳河流域在树木学、地质学、经济学以及该地区开发等相关问题。

1927 年 11 月，根据远东移民局的建议，我们的队伍打算沿着苏维埃港—哈巴罗夫斯克沿线进行探险，以便找出未来该地区在开发中可能面临的潜在问题。

本次探险原计划在初春积雪融化、河水解冻的时候开始实施，经费预算共计 12000 卢布。

因探险途中会经过一片无人区，只有在极少数情况下才能遇到当地原住民的居住地，因此，只有在图托河、哈佳河、科皮河、阿纽伊河、霍尔河、皮赫察河、穆亨河和年普图河上游地带提前设立给养站之后才能开始探险队的工作。

趁着河水还未解冻，冰面上还可以使用雪橇，按计划本应提前向预设的给养站配送物资；但因在这个问题上存在争议，所以直到四月底这笔经费才转由我来支配。

直到这时，探险队才真正开始着手为长途考察做准备工作。因等待经费耽搁了一些时间，河面的冰已经解冻了，所以只能用船把物资配送到预设的给养站，这也在无形中增加了很多困难，用于运输的花销也更大了。

探险队在途中必然要翻越四座山，还会随时会遇到乱石、水流湍急的河流和“吃人”的沼泽。

所以我决定放弃用牲畜驮运随身物品，并对考察路线做了重新的调整：大部分路线坐船，遇到山地时需要队员们背着背囊徒步穿越。

除了我们的探险队，在相同时间和相同地点，还有两个小分队对铁路修建情况进行勘察：一队由工程师马祖罗夫负责指挥，另一队由工程师利沃夫带队。

最初，我打算从哈巴罗夫斯克出发前往苏维埃港，并邀请植物学家萨维奇教授和哈巴罗夫斯克博物馆的工作人员卡尔达科夫也加入探险队。

晚到的经费拨款只能让我们重新规划整个行程，考察队分成了两个小队：萨维奇教授和他的学生维索斯基、卡列夫和冈察洛夫负责考察年普图河、穆亨河和皮赫察河的上游，然后穿过霍尔河到达乌苏里铁路；我和卡尔达科夫及地理植物学家卡巴诺夫一起，从苏维埃港启程，沿着哈佳河到达科皮河的源头，然后再穿过锡霍特-

阿林山脉到阿纽伊河，接着穿过霍尔河到皮赫察河，再向哈巴罗夫斯克的方向前进。简而言之，当我在锡霍特－阿林山脉的东部区域考察时，萨维奇教授要负责在这些地方为我们设立三个给养站。

按照新的考察方案，资金被分成了三部分：1000 卢布留作探险回来后的资料数据整理；我的小队负责考察从海岸线到阿穆尔河流域的地区，经费是 7060 卢布；萨维奇教授小队被分到的经费是 4545 卢布。

从哈巴罗夫斯克到苏维埃港这条路线的考察可以随时出发，条件很便利，但现在我们只能放弃。从海上到哈巴罗夫斯克这一线路的考察不仅会受轮船运行时刻表的限制，还会遇到很多其他的突发状况。

原以为一切安排得很妥当，但还是出现了意想不到的新麻烦。俄罗斯商船队不但没有把我们探险队的物资及时地运送到苏维埃港，还错送去了萨哈林岛。现在只能让俄罗斯商船队先把物资运送到符拉迪沃斯托克，然后再从那里把物资运回到哈巴罗夫斯克。除此之外，别无他法！

探险队具体分工为：我负责探险队的管理、出发前的筹备、过程组织和财务清算工作，还负责勘测制图及考察与该地区移民开发相关的自然与历史问题；卡尔达科夫作为探险队队长助理，需要完成与此相关的所有任务，此外，他还负责对原住民的狩猎和手工业情况进行调查，同时兼任摄影师工作；地质植物学系的学生卡巴诺夫负责收集植物标本和采集土壤样本，并对其进行相关的专业研究。

除了科研人员，探险队还雇用了当地的原住民。我特意从中只挑选了几个奥罗奇人，他们不但很了解探险地区周边的情况，而且既能干活又能做向导。这些奥罗奇人不仅会凿船，还善于处理船只搁浅问题，也会捕鱼打猎。现在回想起来，我的做法是十分正确的。在汛期，许多探险队接连遭遇意外，唯独我们的探险队一切安然无恙，安全地返回到哈巴罗夫斯克。

最初我挑了九个原住民，但最终只选中了六个人。六个人中的两个人负责陪同卡巴诺夫沿科皮河下行，剩下的四个人——普拉卡比·胡图卡、费达尔·穆林卡、亚历山大·纳穆卡、苏恩采·格奥卡，负责陪同我一起完成全部路线的考察。其中亚历山大·纳穆卡、苏恩采·格奥卡在 1907 年至 1909 年就和我一起工作过，还受到过俄罗斯地理学会的嘉奖。

在哈巴罗夫斯克到符拉迪沃斯托克这一段的探险结束时，他们需要先坐火车，再坐俄罗斯商船队的船回到他们的居住地——苏维埃港和和哈赫塔胡河。

途中我们必须要翻过四座大山，因此我们所有的物品（包括随行生活用品、科研设备和个人物品）和食物只能用背囊随身背着。只能带一些基本必备品，多余的东西全部丢弃：每个小物件都得称重，任何小东西的重量都得精打细算。

科研设备包括照相机、胶卷、秒表、罗盘仪、测绘本、日记、标本夹、纸张、小卷尺、单筒望远镜、气压计、手摇温度计、水温计、最低温度计、小挖掘铲、土壤样品收纳盒、土壤袋、户外刀、彩色和普通铅笔、橡皮等。

宿营装备包括蚊篷（每位科研人员一个，每两个工人共用一个大的）、防雨布、三个带盖子的铝制套锅（带不了水壶）、羊皮睡垫和三把斧子等。

随行装备有薄雨衣、背囊防雨布、打包绳、腰刀、信号弹、鱼叉、凿船的工具，还有步枪和霰弹枪各一把，以及弹夹、存储火药、步枪子弹、弹药筒、钓鱼竿、鱼漂等工具。

探险队每个队员的个人物品包括一条薄被子、两件换洗内衣、一双备用毛靴、垫背包带用的毛巾、一盒香皂、一把牙刷、一把梳子、一个针线盒、用来打补丁的布块和其他零星物品。

我们所有的物品，不管是那些被送到给养站的物资，还是我们随身携带的东西，全都要密封在铁皮罐里，再装到和煤油桶差不多大的箱子里。这样打包物资非常方便，在给养站存放时，食物不会被动物啃食——兽类动物害怕啃铁皮罐时产生的噪声，即使遇到雨天，也不用盖防雨布。

物资在给养站通常被放在建在木桩上的悬空仓库里，上面都会盖上树皮。给养站的位置都是事先预设好的。还需要把给养站藏好，要不然就会被原住民根据一些蛛丝马迹发现。

6 月 1 日，我办理完最后的手续，发完电报后，于下午三点钟登上了“兴平港”号轮船。

在把萨哈林岛地质考察队用的马匹装上“兴平港”号轮船后，

已经是黄昏时分，天上开始稀稀拉拉地落起了雨点。

晚上九点，“兴平港”号轮船起锚出海。虽然是阴雨天，但乘客仍然长时间的在甲板上驻足，欣赏着夜晚灯火中的符拉迪沃斯托克。景色的确很壮观。城市的高楼从山坡一直建到山顶，整个坡面灯火辉煌。很多灯光似乎悬在空中，交织相融——整体倒影在水中。

当“兴平港”号离开金角湾时，美景渐渐消失，轮船驶入一片漆黑中。夜空中既没有星星也没有月亮，下着小雨。透过舷窗微弱的光线，隐约能看到经过甲板的水手的轮廓，以及在船长室值班的船长。累了一天，我也回了休息舱，赶紧进入梦乡。

船上的人多，地方又挤，休息舱也很闷。只要天气好，我都会穿好衣服去甲板。首先映入眼帘的是万里无云的天空和广阔平静的大海。“兴平港”号沿着海岸向东北方向航行。我坐到长椅上，开始欣赏起展现在我面前的风景。远处是薄雾笼罩的山峦，山峦之间是狭窄的山谷。山峦的东侧是支脉部分，与海岸线相接形成陡峭的悬崖。这是典型的纵向海岸，从西南到东北方向绵延数百公里。读者可能对这种说法很感兴趣，纵向海岸连着山、紧临大海，海水的流向与山脉是平行的，因此不会形成任何海湾。这就是从莫索洛瓦海角以北上岸非常困难的原因，特别是在夏天，当风从海上吹来就会形成拍岸浪。

很多的海角长期承受着海浪的冲击，形成了一种海岸类型，在地理上被称为“侧幕海岸”。实际上，这种海岸就像剧院里的侧幕，一层叠着加另一层而延伸。第一个海角清晰可见，第二个被蓝色阴霾稍微遮蔽，下一个看起来更加模糊，剩下的逐渐隐没在雾气中，就好像浮在水面上并悬在空中。要是经验少的水手可能会误以为两个海角之间是个海湾，还可以让船在那里躲避恶劣天气。而实际上,那只是岩石岸的一个小湾，有时仅仅是一个冲积浪形成的冲击地带。

从沙角开始，乌苏里边疆区的海岸转向北部，然后沿着子午西线方向前进。与所标记出来的海角相邻的海岸部分为地壳板块交汇的地方，附近形成了很深的塌陷地，被称为苏维埃港。这也是此地经常发生地震的原因，在原住民中流传着很多与地震有关的故事。

## II. 苏维埃港

我们乘坐的船在6月4日抵达苏维埃港港口。晚上很晚才靠岸，第二天我们拿到了行李。

同伴们纷纷忙着整理物品，我需要去区执委会办理一些交接手续。

苏维埃港由两个海湾组成：其中一个叫西南湾，长十二公里；另一个叫作康斯坦丁诺夫斯基湾，比西南湾稍小，长十公里。此外，在海岸附近还形成了几个其他小海湾：较为显眼的是灯塔湾，它是连接土路和灯塔的地方；之后是大部分为俄罗斯人居住的日本湾；然后是特许租借湾，这里现在是国家和行政机关的所在地；最后是与哈佳河同名的哈佳湾。

处于康斯坦丁诺夫斯基湾的哨岗湾，大将军冈察洛夫曾经在这里击沉过“帕拉达”号护卫舰，在这里还有1854年建造的防御遗址。前不久，水中沉积的沙石把米柳金岛与大陆连接在了一起，形成了两个新的海湾。这两个海湾还没有被正式命名。

像苏维埃港这种类型的港湾在世界上也实属罕见，不仅很大，避风性能也好，可以接纳任何类型的船队。苏维埃港的海岸非常低，所以就连大型洋轮都可以停靠，丝毫不逊色于其他设施完善的港口，其唯一缺点就是离内陆较远。

苏维埃港海岸上的岩石是火山岩，这些岩石不呈常见的柱状，而是呈平铺状。从大海的东南侧开始，苏维埃港被十分高的多科山脉隔开，山中有大量结晶岩。为纪念“符拉迪沃斯托克”号义勇舰沉没，1897 年在山脊的末端建成了尼古拉耶夫斯基灯塔（北纬 48° 58′，东经 140° 25′）。

后文中我们说到汇入此处的河流水系时，还会涉及苏维埃港。

苏维埃港的居民结构大体可以分为三类：行政管理公务员、常住户和原住民。

前者是国家十九个机关的公务员，他们不只为苏维埃港一个地方进行服务，还面向从图姆宁河河口到萨马尔戈河的整个海岸的居民办公。

苏维埃港的居民都从事什么职业，靠什么维持生计？这里务农的人很少，居民从远东林业合作社直接或间接地有些收入。居民中只有一少部分是渔民。还有的人经营马匹，马以每匹每月 30 卢布的价格对外出租。这些居民就住在岸边，通过在到港的船上搬货、卸货、运货赚取一些收益。有的也会在行政机关单位做一些木工类、装配之类的临时工作。居民有时遇到一些来苏维埃港的探险队，也能赚些钱。

并不是每家每户都有自己的菜园，所以这里的蔬菜价格比较贵。苏维埃港的居民不务农，只是“在此居住的人”，他们能在此地坚持生活至今，完全是靠着某种希望，寄希望于有一天得以改善生活（具体怎么改善，什么时候改善，就连他们自己都不清楚）。他们在此过着“不种田，不收割，粮仓空空如也”的生活，但仍抱有幻想，且乐在其中。

但公平地讲，虽然这里的人都爱饮酒，街上却听不到脏话连篇，也不会存在盗窃、吵架、斗殴等。假设在某个地方见到大门上了锁，也只是想让访客知道主人不在而已。从这方面来看，苏维埃港还真没得说。

第三类居民是奥罗奇人。过去他们住在北方的某地，不知道他们是何时移居到太平洋沿岸的。他们把苏维埃港叫作“哈迪”，俨然已把苏维埃港视作自己的本土发源地。当时离开原来的住地是因为附近的森林里有伐木声，奥罗奇人由此放弃了以前的久居之处，一部分人迁去了图姆宁河及其支流胡图河，还有一部分人去了锡霍特－阿林山脉分水岭后面的宏格力河（古尔河）的上游，但不管是走海路还是从阿穆尔河到苏维埃港，都不是件易事。

三天之内，我们做好了充分的出发准备，物资分拣后，把其中的一部分送往科皮河给养站。

正好，奥利奇人和乌德盖人也划着自己的小船到了苏维埃港，与我们会合。

这些原住民之中年纪最大的是奥罗奇人亚历山大·纳穆卡，他大约四十五岁，个子不高，虽不健谈但很稳健，小脸盘，已有些许白发。纳穆卡说俄语时，会把所有的硬辅音都发成软辅音。要是他没做好什么工作，会不好意思地憨笑。

乌德盖人苏恩采·格奥卡按年龄长幼排序，应排在第二位，他是个四十多岁的男人，身材瘦削，个头中等偏矮。他性子比较急，不在乎钱财，见到什么买什么，但总爱买一些不值钱的东西。当他想让我相信他说的事时，脸上总是露出一种就像身体经受极大痛苦时的表情。

按照年龄顺序，排在第三位的是奥罗奇人费达尔·穆林卡，他也是中等身材，大约三十六岁。费达尔·穆林卡天生有一双巧手，是个很不错的铁匠，也是个很棒的捕手，擅长用鱼叉捕鱼，凿船的时候是一把好手。费达尔·穆林卡不善言辞，他专注记事时，总爱皱着眉。他也是我们考察队原住民中最迷信的人。

第四个同伴是普拉卡比·胡图卡，他是个三十多岁的奥罗奇人，个子不高。在他很小的时候我就认识他，他天生好学，还自学了俄语。胡图卡很聪明勤奋，也很随和。虽然样子干瘦且有点O形腿，但能背着大背囊走很远，不是他的体力有多好，而是他很务实。胡图卡虽然年纪不大，却已经是萨满法师了。

这四个人都是黑发，深棕色的眼睛，黄棕色的皮肤，手和脚都不太粗大。他们穿着混搭——既有俄式服装，也有奥罗奇式服装。考察队中大家穿的鞋，都是奥罗奇人用鞣制鹿皮制作的。

在后面的叙述中，我将分别把他们的名字进行简化：纳穆卡、格奥卡、穆林卡和胡图卡。

奥罗奇人捎来一个不太好的消息：我们要上山的河口被从上游冲下来的树木堵住了。这几天都是阴雨天，总下雨加上雨夹雪等原因，导致河水上涨。碰巧远东林业在这伐木，上涨的河水冲走了伐倒的木材，顺势被冲到了下游。哈迪河河口分出了一个河汊，造成堵塞，这样一来，不知道我们要被耽误多久。

第二天，天刚蒙蒙亮我就起来了，匆匆来到帐篷外。天气很凉爽，虽然太阳还没升起，却也能感受到很清爽的阳光。苏维埃港上空起了雾，雾气漫向大海。这就说明，今天会是晴天，不但阳光好，还会很暖和。

早上十点，我们搭乘四条船离开日本湾，去康斯坦丁诺夫斯基湾，到那里之后，我需要联系天文点，从那里开始测绘。

1885 年，英法联合舰队的炮火焚毁了苏维埃港附近的森林。此地之后又长出了一片新森林，但随后也被烧光了。再后来，又长出全是落叶松和白桦树的新森林。

自塞瓦斯托波尔战役以来，这里有些地方尚存一些很粗的枯木，据原住民讲，这些枯木很硬，用斧子砍都很难砍下来。

靠近入海口，港口的西岸受到海浪影响，在大气的作用下，岩石已经被破坏，坍塌的大石被海浪冲到了岸边。

这些石块被侵蚀得很严重，却很有收藏和科研价值，所以不管这种石块有多大，都会被博物馆收藏保存。

被侵蚀的熔岩块非常奇形怪状：有的看起来像人，有的像鸟，有的像各种姿势的奇特动物。当大海“呼吸”时，海浪就会冲向苏维埃港。海浪慢慢地、悄无声息地涌向岸边，哗哗地冲击着这些石头，似乎有某种力量要把石头拖回大海。海浪执着地冲击着岸边的岩石，周而复始上千年。当地的奥罗奇人把这些怪石视为神物，认为它们在地球上“现身”是神的旨意。

第二天是星期天。在康斯坦丁诺夫斯基湾的工作结束后，我们坐船前往哈迪河河口。天气很反常，下了一整天的雾，太阳周围出现明显的橘黄色光圈，肉眼可见。通常声音在这种天气会传导得很快。远处传来打枪的声音，在回声的作用下枪声变成了炮火的轰鸣声，大到像打雷一样，响彻整个港湾。根据我的经验，这么大的雾和这种回声都预示着会变天。确实，待到晚上雾气散去后，天空的云压得很低。

傍晚，我们到了哈迪河奥罗奇人居住的大科达－保强村。这是最后一个居民点，过了这里就是绵延数百公里人烟稀少的原始森林。奥罗奇人在岸边迎接我们，他们的木房看起来有些简陋，村民们的样子看起来更是可怜。战乱导致奥罗奇人的生活极其贫困，加之远东北方少数民族帮扶委员会近期才开展工作，村民们还没来得及适应新的生活环境。

瞎眼老人伊万·比藏卡有一处小房子正闲置，关于这位老人后边会有提及。

当地的妇女们很快把闲置的毡屋收拾好，地打扫得很干净，又在屋顶加了树皮。

晚饭过后我去村里转转。外面下着雨，天又黑又冷。篝火的烟雾并非向上升起，而是呈絮状飘在空中。村里住着一位寡妇，她的丈夫在前不久刚刚去世，现在她独自带着两个孩子生活。我和她的丈夫很熟，去探望她时，她家围了很多原住民。可怜的女人忙前忙后，不知道用什么来款待我们，我让她别费心。我们带了一些余粮来，一起来的同伴们把面包干分给两个孩子，他们立刻津津有味地吃了起来。在奥罗奇人中，有位叫安德烈·纳穆卡的老猎人。他给了我们许多实用的建议，还告诉我们如何能到约利亚河的源头。其实，我的本地向导们也从来没有去过图托河上游，没人知道如何经过图托河与科皮河之间的流域，可参考的信息都是我们打听到的。安德烈·纳穆卡告诉我们很多细节，可以作为参照物，指引我们到约利亚河的源头。

我们一边喝茶，一边聊起了往事。就在当晚，我才知道我的许多当地的朋友都去世了。去世的有安东·萨戈登、叶戈尔·拉勃利、费多尔·布敦伽利、吉玛费伊·比藏卡和其他很多人。好多的老相识都相继去世了，只有伊万·比藏卡（奥罗奇语叫“乔乔”）还健在，目前在科皮河安度晚年。我和他特别要好。

聊天结束后我陷入了沉思，看着眼前这位个头不高、身体孱弱的老人，他的脸因为烟熏日晒变成了紫红色，脑后留着辫子，穿着满族样式的长衫，紧身长裤上戴着皮护膝，脚上穿的是鞣制的鹿皮靴子。当年的他可是一个勇敢的猎手，名副其实的高级铁匠，还擅长修理枪锁。

早年间，他的父母得了可怕的天花，病死在原始森林里，还是小男孩的他被亲戚收留。乔乔倒是很长寿，但也经历了很多离奇的往事。乔乔曾经亲身见证过俄罗斯人第一次来到苏维埃港时船只的沉没（“帕拉达”号护卫舰），以及俄罗斯人中很多人后来因饥饿引起的坏血病失去了生命。

1897 年，有一次，乔乔和两个老乡打猎后满载而归，赶回苏维埃港。他们顺着海岸划着小船，船上装着刚刚猎回的麋鹿。当他们途经格朱角时，突然看到岸边附近有一艘大船，原来是义勇舰队的轮船“符拉迪沃斯托克”号在雾中触礁了。船上的人都上了岸，由于船上存储的食物极度有限，有人开始挨饿。得知情况后，乔乔把所有的麋鹿肉都留给了他们，自己先急忙赶回苏维埃港召集了很多周边的奥罗奇人，再一起返回帮助快要饿死的人们。忙完这些之后，又争分夺秒地，乔乔赶紧和哥哥吉玛费伊一起划着一艘小船前往德卡斯特里湾的电报站。他们有时用桨划船，有时扬帆，日夜兼程，终于在第三天到了军事哨所，报告了发生的事件。幸亏乔乔的及时通知，要不然符拉迪沃斯托克政府根本不知道在同名的轮船上发生的状况，之后立刻向垂死的船员和乘客派遣救援。

乔乔受洗后改名为伊万。我和他在 1908 年认识，他为我们提供了很多不可替代的帮助。我们不但带着他去过很多原始森林，数次在篝火旁夜宿，还共同盖过一条被子。那时他已过中年，头发也有一些斑白了。

我们就此别过，我去堪察加，乔乔继续留在哈迪河。因为不久前，他的哥哥吉马费伊在大科达 - 保强村去世了，吉马费伊生前攒了很多金币和银币。乔乔用他们的仪式，按照最高礼遇把自己的哥哥葬在了哈迪河，还把哥哥生前心爱的猎具和渔具葬在了一起，之后把金银币埋在了原始森林中的某处。1922 年，乔乔的眼睛已经失明了，孤孤单单一个人，后来搬去了科皮河的亲戚那里，在那里度过余生。好多俄罗斯人和奥罗奇人都在找乔乔埋起来的宝藏，差不多值 12000 卢布！其实大家都是徒劳无功！实际上，就连乔乔自己都忘了那些财宝埋在哪儿了，加之双目失明，连埋宝藏的地方都认不出来了。没准儿，宝藏就埋在我们聊过天、回忆过去的房子附近……

篝火的火光照亮了整个毡屋，屋顶有个排烟的通气孔。能听见外面河水流过堵在河道上的浮木的声音，雨点落在屋顶的簌簌声，还有狗打架的叫声。我和乔乔告别后，就去了乔乔留下的空房子，现在那里成了我们的临时落脚点。

河水经过一晚涨得更高了，因为无法引流，河水漫到了四周。这些新的河汊能让我们很安全地绕过堆积的浮木。

现在很有必要让读者了解一下，我们探险区域的气候特征，如果不了解，后面的内容就会完全看不懂。

锡霍特－阿林山脉及与其平行的其他山脉（位于海边，几乎垂直于盛行风的方向）是气候分界线，作用及意义重大。主分水岭东西部的气候差异能达到二三十天。相同时期，西侧河面已经开始结冰，甚至都能在冰面上走雪橇，而东侧的河还没开始冻结。到了开春，西侧河面出现浮冰，冰上运输停止时，东侧的河还没化冻。这都说明阿穆尔河流域的春季和秋季比东部的沿海地区来得早，而沿海地区的春季和秋季比阿穆尔河流域的时间长。换句话来讲，我们从西向东走时，季节顺延，返程时正赶上换季。

探险队6月1日至9日在苏维埃港遇到的雨夹雪就能解释这一现象。

哈迪河包括两条河：哈迪河和图托河。哈迪河不长，但水量充沛，河谷开阔，支流较多；图托河河谷较窄，更像个峡谷，支流多是山间小溪。

探险队大部分的人都驻扎在图托河河口，我沿着哈迪河上行，哈迪河下游宽四十米，航行深度达两米，急流速度高达7.5公里每小时。整片沿海地区及哈迪河河谷为山地，周围被针叶林覆盖。只要阳光充足，不论是在苔藓沼泽地，还是在干燥的土地上，都长着高耸挺拔的落叶松。落叶松林里还混生有很多一直长到南部的白松，甚至都快接近符拉迪沃斯托克了。图托河附近多为白皮冷杉，顾名思义，其树皮比较光滑，颜色较浅。这种树的一个显著特点是针叶发暗且比较柔软，球果呈黑紫色。随处可见单叶生的埃尔马纳白桦，这种树很好识别：树干瘤节多，树皮发黄，树叶像挂着的布条。此类树喜阴，为单株生长在古森林的树木。据植物学家说，这是濒临灭绝的树种。

一路上，我们除了只见到过一次熊的踪迹，其他大型兽类都没看到，却遇到不少鸟类。

最先见到的是鱼鹰，奥罗奇人称这种鸟为“萨科萨吉”。这是一种盘旋在河面上的猛禽，擅长定点展翅俯冲捕食。一只鱼鹰突然像石头一样猛地冲向水面，用爪子抓起河中的鱼后飞向空中，灵巧地伸展着翅膀，匆匆飞进森林。

之后我又看见一只缩头缩脑的苍鹭。苍鹭很警觉，每次船调头时，它都会离开原地，沿着河飞得更远，并发出嘶哑的叫声。我们见到的杓鹬，也是非常很警觉的鸟类，它们姿态优雅地在岩石上走来走去，边走边用弯曲的喙从河水中啄出一些东西。想必它们是刚刚飞到这，还没来得及拆对儿。除了这些鸟，卡尔达科夫还发现了野鸭、长尾鸭、尖尾鸭、家燕、戴菊莺、黄脊鸰和白脊鸰。

我们沿着哈迪河到了熊泉。河面开始变窄，石滩变很多，生长的都不是喜淤泥的植物，而是树木直接长在岩石上，整片都是沼泽或到处都是大块的石头。

这也说明哈迪河河谷的开发价值不大，于是我们折返回去，顺流来到了图托河河口。

在我们返回露营地的途中，船逆流上行，我往河里抛了一条特制的银鱼（一种绑着红毛线带钩子的金属鱼诱饵），不一会儿就钓上了一条马哈鱼，这是我从海边到图姆宁河、哈迪河和科皮河以来钓到的第一条鲑类鱼。卡尔达科夫用同种方法也钓到了一条大鱼。众所周知，鲑类鱼一进入淡水区就不再进食，仅靠在大海储备的食物维系着自己的生命。

是什么原因让马哈鱼在淡水里突然咬钩？原来，鲑类鱼即使在离开大海进入淡水河之后，依然还保留着捕食小鱼的凶猛习性。

晚上我们围坐在篝火旁，每个人都忙着自己的事。天全黑时，穆林卡去河边打水，回来时说有流星。我赶紧穿上鞋，走进了树林。

雨刚停，天空大部分的星星被大片积云挡住了。风吹过树梢，把树上的雨点都刮了下来。不知从哪儿传来潺潺的水声。

穆林卡说得对，天空经常会出现长尾巴的流星。有的完全看不清，有的在黑不见底的夜空划出一条线。

我知道天空其实没有尾巴，这只是肉眼对快速移动的物体留下印象的本能反应。其中一颗离地球相对近的流星进入大气层后，遇到积云产生摩擦，云里就能看到一道长光。这和闪电同理，只是没有声音和持续的时间更长一些而已。

我回到露营地时，大家都已经睡了，只有穆林卡还没睡。我注意到他的手里拿着一把干草，他把干草用火烤干，搓成球形后又用绳子绑好，最后放进了背囊里。

见到我之后他说："我可不能随便把这些干草扔掉。"

我追问他为什么要随身带着这些没啥用的东西。

他说："如果出现很多流星，奥罗奇人会认为这象征着'穷困潦倒'，所以第一个见到流星的人应该马上找些干叶、青草、干草、秸秆，哪怕是一块朽木也好，随身带上三天，打猎的时候会交好运，或是让人免灾。"

我也没反驳他，就去睡觉了。可我之后就立刻效仿了他的做法。

## III. 图托河上游

稍做休息后，我们沿着图托河上行。雨后河水上涨了，形成了流速很快的山洪。很多地方的河水都漫上岸边，淹到了森林里。我们把日本人当时在此持有森林特许权时废弃的建筑作为参照物。这些破旧的军营成了我们栖息地，我们很开心，就像住在最豪华的酒店一样。这是我们最后一个还算舒适的宿营地，之后我们就要在荒无人烟的原始森林里风餐露宿了。

应该向读者介绍一下奥罗奇人的船（奥罗奇语为“乌里玛格达”）是什么样的。这种小船是用整棵树凿空做成的，长 8 ~ 10 米，高 40 厘米，船底厚度为 3 ~ 4 厘米，两侧船板的厚度为 1 ~ 2 厘米。船头有一个铲形延伸板，延伸板略为半圆形，微微向上弯曲。乌里玛格达船载重量为半吨，这种船虽然不能破浪前进，但能通过很浅的浅滩。一般都是由一个奥罗奇人站在船头，另一个站在船尾用撑杆撑船。船的自重不大，但重心高，所以船不是很稳。船遇到石滩会摇晃，在水流很急的地方划行会把人的头晃得很晕，只能靠撑杆控制船身，这就很考验撑船人的眼力、灵活性，更主要是考验沉着力！船顺行比逆行时更危险，船被水流助推，必须要看清前方很远的状况，预判并避开岩石或水中的断木。但逆行也很吃力，要很用力地把撑杆顶到河底，撑着船上行。即使有时很卖力气撑船，也只能把船移动一到两米。换作普通人撑上一天这种小船，累得肯定晚上睡不着觉，不但大臂疼，胳膊的关节也会疼。

没有人比奥罗奇人更擅长划这种小船。他们划船时的动作不仅节奏好，而且很优美。不论男女都从小就习惯了划这种船，可以说，他们整个夏天都在水上度过——捕鱼、为森林考察队运货和为远东林业局做工。

我们的探险队在 6 月 26 日到达埃蓝格斯地区。埃蓝格斯的意思是“三条河”，实际上图托河本身就是其中之一，图托河再分出两条小河：左边——纽阿拉河，右边——托罗卡河。下面还有三条山涧：图托契、加达卡和乌努库里。

通往埃蓝格斯的路况很差，大家走得都很疲惫，对于一直适应原始森林的原住民也是极大的挑战。

我们把小船停靠在三河的交汇处后，背着随身物品沿着努恩吉河继续步行。我们需要在途中休息一天，晾干器材，备好便鞋和整理背囊。

正好赶上一个有太阳还很暖和的天气。趁着空闲我去了附近的小火山，从高处看看到山口还有多远。过了图托河后，我进入了一片茂密的针叶林，朝着我认为是这里最高的一个高岗走去。起初上坡的路还比较平缓，之后越走越陡。

这里生长的主要树木是云杉和冷杉，还混生着岳桦。地上长满沼绿色的苔藓，在这些苔藓的周围长着茎秆细长的加拿大山茱荚，叶片为披针形。这里还生长着山酢浆草：三杈叶，叶柄纤细，叶子有些微酸，很像嫩野菠菜的味道。除此之外，还有形态优美的蕨菜。越往高处，云杉和冷杉就越少，见到的多是落叶松，树下长着散发浓香的杜香灌木。树越高，长出来的新枝就越细，还有灌木生的桦树。

我坐下来休息一会儿，此时已过了中午。天空艳阳高照，照着摇曳的树木，照着布满苔藓的枯枝和长满地衣的熔岩。在阳光和阴影的博弈中，森林像仙境一样美丽。我的眼前忽然出现了一个戴着红色尖帽、长着灰胡子、手中拿着镐头的小精灵，躲在树桩后面往外望着——原来是我的眼睛一直盯着一处看,才出现了这种幻觉。

根本没有什么小精灵，我实际上看到的是一只姿态优美的红棕色小动物，腹白、尾黑，这是伶鼬的近亲白鼬。它快速地爬上一根枯枝，双腿蹲坐。让我奇怪的是，白鼬是夜行类动物，只在日落后才会离开巢穴。我一动不动地观察着它，白鼬没有马上安静下来，而是一直不停回头看着我的方向，最终确认没有危险，才放松了警惕，我发觉它原来是想觅食。就在这时，突然出现了一只打算捕食昆虫的壁虎，壁虎迅速地爬上枯木。就在快爬到接近白鼬的地方时，白鼬灵巧地跳了起来，臀部抬得很高，掉落在枯枝上。壁虎也不见了，我根本没来得及看清白鼬有没有逮到壁虎。我从坐的地方站起来，在枯枝边转了一圈，什么也没发现，就去了山顶。

这里有很多大块火山岩，我爬上其中一个，开始环顾四周，美妙的景色尽显眼前。在我面前的是广阔无垠的平顶山，山中长着很多针叶类树木。山的西面越来越高，靠海的东面逐渐走低，不禁让人产生疑问：这样的地貌是怎么形成的？我身处的地方以前肯定是某个高地，后来分出多个平顶山。地质学家追溯历史证实，在乌苏里地区北部地表形成时，就有现在这样的奇观了。

锡霍特－阿林山脉南部离海岸较近，但在杜曼内伊角（萨马尔戈河河口以北的一点）的纬度，山脉又转向内陆，并绕过图姆宁河源头，接近阿穆尔河。除了这个山脉，向东一点还有个褶皱山，是上科皮河支流和阿德拉米河上游之间的分水岭，这两条河从同一侧注入胡图河和哈迪河以及图托河，最后流向苏维埃港。

在第三纪发生断裂时期，就在第二个平行山脉附近的某处，大量玄武岩熔岩涌出地表，对胡图河及科皮河整个区域形成了覆盖，这些熔岩最终流到了苏维埃港。在靠近江河源头的山口形成特别厚的堆积，这就说明靠近大海区域的地势最低。这也是莱塞普斯－达达角和尼古拉耶夫斯基灯塔之间会出现海岸线的原因。

熔岩有很多气孔，形态有点像塑料，根据气孔的位置（岩石的孔痕）就可以判断出熔岩流动的方向。

此次断层形成了一个深天坑，就是现在的苏维埃港，这也就证明，熔岩比苏维埃港年代更久远。我们最终也证实了这一点，港口的底部由大块玄武岩构成，被破坏时形成了成分为深灰色砾石的土壤。经过剥蚀过程后，雨水的侵蚀和冲刷使这里形成了很陡的深沟，有的边缘甚至完全垂直。马河、乌伊河、哈迪河和图托河的河谷就是这样形成的。

在很多地方，受大气影响，熔岩被分解成单独的块状，大面积堆积在河谷边缘，上面长满了树木和苔藓。这种情况在爬山时感受尤为明显，脚经常打滑，还会陷到碎裂玄武岩的缝隙里。

熔岩从地下流到地表的位置被认为是桑库河（科皮河的支流）、哈迪河和图托河的源头。我们发现可以验证这种说法的证据：其一，溪水从一些单独的锥形丘后沿着不太深的斜凹地流出；其二，这里还发现了其他熔岩的碎块，它们应该是地表以下最初的熔岩，后来被玄武岩覆盖。

从上述的结论中可以看出，哈迪河和图托河河谷还处于形成进程中。随处都能发现岩石土壤化的过程，这就能解释为什么在谷地中没有杨树和其他木材类树种，通常这些树木都生长在腐质含量丰富的淤泥中，而淤泥中含有灰化土和泥炭土。

我在小山上应该已经待了很久，因为太阳移动的速度很快，地上的影子已经变长了。我在小本子上做了简短的记录后，便下山回图托河河谷。

路上，我发现了一具香獐子的骸骨，明显是被狼獾猎杀的，因为香獐子的骨头上有被巨齿类动物啃食过的痕迹。香獐子属于反刍类动物，体型偏小，和雌性红鹿差不多大。雄性没有角，却长有露出唇外的獠牙，牙很长，略弯曲；雄性在腹部靠近肚脐的位置，有一个分泌麝香的特殊腺囊。狼獾的个头和中等大小的狗相似，属于鼬科动物，但身体结构类似于獾，后肢跖行，可以很灵活地爬上树，是香獐子最危险的天敌。快到河边时，我吓跑了一只灰色的小兔子，它有着白肚子、黑耳朵。小兔子拼命地从我身边跑进树丛，我也被它吓了一跳。

我快到营地时，天已经黑了。太阳下山后，一切都回归平静。天变凉了，河面上起了雾，越来越浓。很快，埃蓝格斯整个区域都被雾气笼罩了。

回到营地，恰巧我的队友们都在。我把我在山上的见闻讲给他们听。奥罗奇人还在我讲的动物中补充了驼鹿、熊、猞猁、狼、水獭、黄鼠狼、刺猬和黑貂。他们还说之前在苏维埃港沿岸附近能发现很多黑貂，但现在由于山火和伐木对森林的破坏，它们几乎接近灭绝。

吃过晚饭后，我坐在火堆旁，花了很长时间做手记。我写完时，已经很晚了。篝火把露营地照得很亮，周围漆黑一片，宁静的夜晚伴着天空的星光缓缓降临到大地。林中一片寂静，只能听见浅滩上平稳的流水声。

第二天，我们背上所有的物品和食物出发了。背着沉重的背囊要经过风折林，走得很累人。必须要随时盯着脚下，稍不留神就会撞到树桩或掉下来的树杈，手和脚就很容易被尖锐的枯枝弄伤。俄罗斯人把图托河称为“不毛之地”，图托河发源于布塔河、阿德拉米河、桑库河的分水岭图托河，从西南注入科皮河；布塔河从东北注入科皮河；接近北方的阿德拉米河（也是布塔河的支流）从科皮河左侧西南方注入。图托河蜿蜒向东，从河湾处转向北方，长约一百八十公里。

图托河上游被当地原住民称为努恩吉，流经一个很陡峭的狭小峡谷，很多崖面都是垂直的。现在的浅滩成了急流的缓冲地，这也让我们步履维艰。正值汛期，我们无法直接到达对岸，只能沿着河谷的一侧爬上高陡坡去对岸，这也消耗了我们很多时间和体力。

两天后，我们到了第二个分叉口，这里被原住民称为“洲沤界”。奥罗奇人不知道该沿着哪条河继续走，为了避免迷路，他们决定先去探路。穆林卡去了其中的一条河探路，纳穆卡去探了另一条，格奥卡则去了光秃秃的山丘察看，其余的人留在下面准备露营。大家各自散去后，我坐在岩石上开始画测绘图，在随身的小本子上做笔记。

过了埃蓝格斯地区之后，就基本很少有落叶松了。接下来都是云杉和冷杉混生的柴木林。树林附近是长着加拿大山茱萸、单瓣酢浆草和水龙骨的灌木丛。这里的原始森林有一个奇特的现象：树木都不是很粗，而且大部分都是斜向生长。

快到黄昏时，纳穆卡才回来。他沿着河的西南上行，快到源头附近时，发现以前有两个俄罗斯人在那里露过营。纳穆卡从他们留下的线索得知，那两个俄罗斯人应该是去年冬天来过此地，还带了一条狗，后来狗在森林里走丢了。之后其中的一个人生了病，另一个人一直想打点猎物，给同伴增加点营养品补补身体，却什么也没猎到。吃光最后的食物后，他们做了一个简易的雪橇，走浅滩去了哈迪河。两个人把自己的一部分物品整齐地堆在一起，想必他们还会再来这里，但今年还没来。

纳穆卡回来后不久，格奥卡也回来了。格奥卡看起来很烦的样子，把枪放在树旁后，就一声不吭地坐到一根枯木上，盯着火堆看了很久。被问到在上面都看到什么以及到山口还有多远时，他回答道："山顶没去成，那儿的路很窄。不但在山上迷路两次，还被倒下的同一棵树撞了三次。"他快要走到被熔岩块挡住的山顶时，不但被扔出的树枝砸中，还在那听到了笑声和嘈杂声。他以为在山上遇到了鬼，急忙跑回营地告诉我们附近有吓人的怪物。其实他遇到的不是鬼，而是我们的恶作剧，结果把格奥卡惹恼了。他嘴里嘟嘟囔囔，生气地瞪着我们，就像不屑和我们这些无知的人谈这类话题的样子。如何是好？只能赔罪了。

过了好久，穆林卡还没回来。到了深夜，我们往火堆里添了柴，割了些干草准备就寝。突然，穆林卡像幽灵一样悄无声息地从黑夜里飘了出来。只有长期住在森林里的人，才能在伸手不见五指的夜里（到处都是落木，即使在白天也要小心翼翼地爬上爬下）的林中行走。我一直都很感叹，他们怎么会在黑暗中还有这么好的方向感？要么是因为他们的视力在夜间比欧洲人更好，要么是因为他们有很强的方位感。但不管怎样，不管是黑夜、下雨，还是崎岖的地形，都不会对他们造成什么困扰。

穆林卡走近火堆，就像他之前离开时要烤烤火的样子。按照奥罗奇人的习俗，刚从外面回来的人不能马上讲在外面遇到的怪事。得歇一下，抽空再讲。穆林卡往火堆加了些柴，烧了一壶水后点上一支烟，开始慢慢地讲了起来。他说他走了很远的路，一路很艰难又危险。接近黄昏，幸亏在路上遇到了一座两年前赫哲人为了方便打猎盖的小房子。

去年秋天有个老人在这个房子里住过，他当时打算捉些香獐子，就修了带门的围栏，但后来老人的胳膊被砍掉后就回去了。在回来的路上，穆林卡发现了赫哲人开辟的一条雪橇老路。他沿着这条老路，一直探查到我们的露营地，明天我们就沿着这条路去山口。

如果读者认为雪橇路真的是一条路，还被轧得很平整，那就错了。这种所谓的路只在冬天时才会出现，为了不让雪橇在前进途中翻倒，会在雪橇的滑木上加装一些枯木，砍掉上面节疤以免影响滑行。要是路上遇见倒在地上的大树挡路，就得用斧子在倒地的树干上砍出能让雪橇通过的凹槽——只是这样的路而已。春天积雪融化时，路上留下的雪橇痕迹就很不明显，如果不了解原始森林，甚至都不会发现这些雪橇痕迹。而穆林卡正是沿着这样的雪橇路走回了露营地。

当他讲完一路的经过时，已经到了后半夜，这时又淅淅沥沥地开始下起了雨，我们搭好帐篷后就都睡了。躺在铺位上，能听见雨水从树上滴落到地上的声音，火堆里柴火燃烧的噼啪声，还有队友们的呼噜声。

快到早晨时，雨下得更大了。我们都希望尽快赶到山口，虽然天还下着雨，但是我们还是收拾好了背囊，开始沿着雪橇路去山口。

雪橇路通过露营地附近的山坡，往上走是高山，往下走是水流湍急的河流。有时走了一整天，好不容易就快爬上山脊的时候，我们又会忽然滚落到河谷。我们队伍里的原住民很擅长通过一些微小的迹象判断路的走向：一棵刻着记号的树，一个被毁坏的灌木丛，一棵被砍的树。他们把这些迹象与纳穆卡昨晚说的情况进行了比对分析，确信无误后，再继续走。在努恩吉河上游的某个地方，应该有一座赫哲人盖的小木屋，这座小木屋成了我们前进的暂时目的地，我们一直讨论着怎样才能找到这座小木屋。终于，在6月30日，心心念念的小木屋才被找到，我们也到了图托河的源头。

卡巴诺夫发现，从洲泖界岔口进入山丘后都是云杉和冷杉混生的柴木林。树木长得都不高，呈现病态。树枝上长满了雾松萝，像蜘蛛网一样，整片森林到处都是。读者可以把这种场景想象为一个白发苍苍的针叶林，里面倾斜或直立生长的树木几乎都已经干枯了，有的连树顶都已经枯萎了，有的甚至都已经倒了，被连根拔起。枯木上，枯枝上，脚下的岩石上，到处都是苔藓，真是名副其实的“森林沙漠”。这里一片寂静，只有云杉和冷杉树顶呼啸而过的风声。

我打算去附近走一走，可就在我要离开露营地的时候，都会有种莫名的恐惧感，于是赶紧回了营地。

我们离开大海，沿着图托河上行时，能感觉到时间在倒退，我们到了隘口时，正值初春。六月底，这里还有去年的枯草，花期早的花儿刚刚开始绽放，比如毛茛——一种喜水林荫植物，芽状叶，黄色的花朵偏大。这里比较常见的主要是花葱，拥有羽状叶子和深紫色的花朵，雄蕊为亮橙色。

有时会下雨，气温也开始明显下降，有点像三月份的天气。

6月30日，我们到了分水岭后，见到了一种奇特的现象。泥土已经结冻，苔藓踩在脚下嘎吱嘎吱响。到处都是雪，在阳光的映射下，让人以为是积雪，但旁边却长着大片金色的杜鹃花，枝条有人的肩膀那么高，深绿色的革质叶子闪闪发亮，冠状花朵呈金黄色。新开的花瓣底部呈现一抹淡淡的绿色。

我们要找的赫哲人盖的小木屋已经塌了，在木屋旁的一棵老落叶松上粗糙地刻着一张很大的人脸，上面涂满了树脂。这是“托鲁”，每次打猎前赫哲人都会在它面前祈祷。在落叶松旁边，放着一个四条腿的木槽，里面烧过杜香叶，摆着一些祭品。落叶松上刻着的“托鲁”像是在看守木屋的废墟，对于我们的突然到来表现得极为关切。

黄昏将至，我们也开始着手干活。我们在两条溪流汇合的岬角处，也就是木屋的旁边扎营。第二天休整了一天，是应该好好休息一下了，养精蓄锐，缝补缝补衣服和修修鞋。

走了一天的路，一身疲惫的队友们很早就都睡了，只有我和穆林卡还在烤火。我做着自己的事，他缝补着被刮破的软底毛靴。我们时不时地往火堆里扔些干树枝，火堆烧得很旺，火苗窜动，树干仿佛要从黑夜里跳出来，要跳到露营地来。火光时亮时暗，我发现穆林卡总往他的右边看。

“干啥总盯着它？”穆林卡很不满地说道。

“谁？”我问道。

“鬼！”他指着树上刻着的“托鲁”回答道。

借着火光，我抬头看了一眼树上刻着的“托鲁”。木头人脸好像活了，感觉它总在盯着我们！多年来，它一直在履行守护小木屋的职责，我们这些外来人的冒犯也许让它感到有些不满。

我发现自己在记录的时候打了瞌睡。穆林卡已经睡了，我收拾好自己的记事本也睡了。

黎明前起了浓雾，这让我很绝望，下面的行程要泡汤了，还好太阳出来时雾散了。我快速穿好衣服，向海拔一千二百米的山口出发踩点。在东边有个长长的、不是很陡的、地面非常潮湿的上坡。

我爬到了山顶，上面的树木很少，映入眼帘的是大片的沼泽地，到处能见到一片片小湖一样的死水。对面是一片漆黑的森林，很像一堵厚厚的锯齿墙。大自然的鬼斧神工貌似很想把河流彼此隔开，仿佛它觉得高高的山脊和起伏的沼泽地还不够，又用长满苔藓和腐烂的云杉、冷杉筑起一道森林屏障。很难想象，奥罗奇人能奇迹般地居住在遍布这种沼泽地的大山里，而且这里还经常有一口就能吞掉麋鹿的“苏姆”巨蟒出没，大老远就能听见麋鹿的惨叫声。所有的动物都暂时逃离了这里，在冬天还没把很多巨型爬行动物栖息的湖面结冻前，任何动物都不敢回到湖边。

我走到森林的边缘时，有些变了形的红太阳已经升得很高。沼泽地蒸腾着难闻的气味，周围静得吓人。当时就我自己一个人，有种被一些躲在树后看不见的神秘的眼睛盯着的感觉。突然间，死一般的寂静被一声长长的尖叫声打破了，整片沼泽地都回荡着这个声音，有点像八度音阶的那种哞哞声，呜咽一声就结束了。可能是一只熊在叫——通常麋鹿不这么叫，它们只在秋天才会发出哞哞的叫声。担心继续在森林里转下去，就得天黑了，我开始下山。

我回到营地时，太阳刚好下山。地面还微微地尚存落日的余晖。营地上灯火通明，水洼映射着火光。篝火旁能看到队友们黑色的背影：影子拉得很长，形状怪异，投射到地上来回晃动，就像编着黑色辐条的大车轮上包着一圈火。人怎么动，车轮就跟着怎么转。

回到营地我和大家讲了在山口遇到的情况，奥罗奇人也证实了我的说法，确定赫哲人和他们说过的“苏姆”巨蟒就是经常在我去过的山口出没。

第二天，我们告别了“托鲁”，赶往堪称“最累人”的山口。我们没在那里过多停留，而是蹚过没膝盖的水，顺着森林的边缘，绕过了沼泽地。

## Ⅳ. 狭窄的河谷

河水从“最累人”的山口流出，无数潺潺的细流穿过草丘。我们顺着水流的方向来到了西北部。让我不禁感慨的是，要是稍稍弄错一到两个经纬度，我们就会走到流向胡图河的阿德拉米河。我们的疑虑很快就被解开了，原来是大部分河水都往西边流淌。我们先是沿着一个平缓的山坡走，然后慢慢地顺着谷地的边缘走。快到中午的时候，我们到了小河向西南转弯的位置，在这里有另一条从右侧注入的河。

在图托河源头的附近有一些峡谷，峡谷的一侧是非常平缓的斜坡，谷中是温暖的夏天，另一侧是到处积雪的早春。这种从一个季节到另一个季节的变化对我们来说很突然。地面和树上的苔藓以及很重的湿气形成了一个完整的森林苔原。空气中的水分与沼泽地接触后凝结成了雾气。早晨十点开始弥漫着雾气，有的地方雾气逐渐消散，生机勃勃的阳光普照着湿漉漉的地面。过了山口后，第一批迎接我们的昆虫是蚊子。不知道是因为第一次有人类出现，还是因为这些长着翅膀的小血吸虫太饿，叮人真的很疼。我们只能用纱网遮住脸，戴上手套，原住民用之前从苏维埃港带来的头巾包在头上。

过了山口之后，主要生长的是落叶松，而不是之前的云杉和冷杉。谷中的落叶松树下长着灌木桦树，树枝呈赤红色，脱掉树皮的地方也呈赤红色，叶片小；山坡上淡白色的杜香，枝叶匍地蔓生。一开始我们都很喜欢杜香深绿色的革质叶子，但后来我们把它们和云杉、冷杉林中的苔藓比较了一下，发现就是这些矮灌木让我们的行动异常艰难，特别是遇到难走的山坡时，我们就忍不住一直抱怨这些矮灌木。脚踩到灌木枝上会打滑，这些树枝都是顺着山坡斜向生长，还容易让人摔倒，往往费了很大力气才走了几十步。这种坡越陡，越不好落脚，随时都有可能从悬崖上掉下来摔死。

大约走了十公里后，北面出现一条小溪。

山谷的结构是，离我们最近的山丘有座尖顶峰，在它后面可以看到远处的高山。可问题是，我们到了哪里？据奥罗奇人说，这就是所有原住民都闻风丧胆的是伊奥利河。这条河很恐怖，有个人曾在这里失踪；还有个人来过这里后就病了，很快就死在回去的路上；还有个人疯了；通古斯人的驯鹿也死在了这里，就连水里的鱼也会离奇死掉，沼泽里有很多大蛇，等等。即便是对所有河流都很熟悉的科皮河奥罗奇人，要是让他们画出伊奥利河路线图，他们也都会异口同声地说，他们从来都没来过这条河，吓得一个字都不敢提。

快到中午时，我们已经往下走了很远。山口上的雾气都变成了大团积云，积云越来越大，最后凝结成一大块儿云，一直在空中移动。

奥罗奇人看了看西方说：“要下雨了。”

真的一语成谶了。一片乌云正在向我们飘过来，还能听到远处的雷声。风突然停了，周围静止了。灼热的、满是电离子的空气中有一种微妙的不安和暴雨即将来临的紧张感。

我们急急忙忙地开始搭帐篷。奥罗奇人跑进树林里找树皮，两个队友拾来了柴火，解开背囊赶紧把东西收起来，以免被雨淋湿。

那片在空中飘荡的云，就像一个可怕的、蓬头垢面的怪物，向前挥舞着双爪，想把整个天空都吞掉。大地也跟着呼啸了起来，就像从怪物的嘴里吐出长长的火舌。突然间，地面变得昏暗起来，太阳被乌云“怪兽”吞噬了。大颗的雨点落到地上，树木也跟着摇曳起来，被风吹得一边倒。之后下起了暴雨和冰雹，闪电破开乌云，雷雨震荡着空气，雨下得更大了。空中的轰隆隆声在云中翻滚，回声一直在山间回荡。

我们躲到了帐篷里，相互挤在一起，能听到一阵阵刮起的风把森林里的枝条吹断的声音。一道闪电击中了我们露营地的附近。我的耳朵感到一阵剧痛，直到晚上听觉才恢复正常。

快到傍晚时，暴风雨小了很多，变成了毛毛细雨。奥罗奇人生起了一大堆火烤衣服，衣服正冒着湿气。我拿着枪，沿着弧形的河岸走了一会儿。河岸右边是长得很密实的针叶混交林，左边是一片大沙滩。暴雨过后，空气变得很清新。天空几乎放晴了，最后一丝残云正越过山口，晚霞也基本消失了。巍峨的群山，远处的闪电，低沉的雷声，以及笼罩大地的夜色，共同形成了阴郁的画面感，但美感十足。放眼望去，在漆黑的高空，我见到了一小块夜光云。起初有点儿看不清，但很快就变得越来越清晰，感觉是小块云自身发出的强光，强光亮到透过低矮的云层就能确定它的位置。这种银白色的云只在雨后的晴空中才能看到，因为水蒸气升不到大气层那么高，也有可能是细小的灰尘颗粒或其他某种气体比空气轻，这种气体就会长时间地发光，午夜后会渐渐消失。

我回头看了看，暴风雨已经远去，雷声也听不见了。周围一片寂静，只有空中的几道闪电让人依稀记得刚才的风暴。

夜里大家休息得都很好，第二天继续沿着诺里河前进。一直下雨导致水位很高，我们只能沿着山谷的左侧通行。我们爬过了很多很难通行的地带。

随身背着的物资成了我们最大的障碍，还有到处都是绊脚的杜香丛。

下午有段时间我们分头行动：卡巴诺夫、卡尔达科夫和三个奥罗奇人上山，我和格奥卡去山谷，结果山谷比斜坡更难走。山谷中遍布矮生桦树和绣线菊（叶子像河柳），还有高草（拂子茅）。

最前面的人非常难走，所以我们轮流在前头走。轮到我时，碰巧遇到了一条被熊踩出来的小路，小路的方向正是我们要去的方向。沿着这条路，我们很快就到了一个长满柳树的沙滩。走到一根断木前时，还没放下背囊我就坐下了。这时，我看到一只长约60厘米的褐黄色小兽，尾巴蓬松，竖着小耳朵。这是一只小黄鼠狼，这只小家伙趴在一棵倒木旁，腿缩在身下，嘴里叼着什么东西。它过于专注自己的事情，都没发现我，我正好趁机观察它一下。不知道小黄鼠狼用前爪按着什么东西，它一直使劲甩着尾巴，正在使劲地撕咬着什么东西。我一不小心吓到了它，它短促地叫了一声跳上了枯木，很灵巧地沿着树枝跑了，溜进了草丛。

我站起身来，看到在枯木附近有一条很大的极北蝰蛇，背上长着很好辨别的菱形花纹。蛇的脖子被咬破了，正在张着嘴慢慢地蠕动。

我想再观察一下小黄鼠狼，但可能它要隔很久才能再出来。这时格奥卡走了过来。我和他讲了我刚才看到的情况，并指了指那条蛇。他告诉我，这种小黄鼠狼捕食鸟类、鼠类（鼠兔、松鼠、花鼠）和其他小动物。最厉害的萨满神（邪王）经常会化作小黄鼠狼，叫“索列”。在他看来，我看到的不是普通的动物，而是萨满神“邪王”来杀死变成毒蛇的恶灵。他说我们最好赶紧离开这里。说完格奥卡就走了，我赶紧跟上他。

我们沿着河走得越远，河面就变得越宽。没有大的支流，许多小溪在左右两边流进来。有意思的是，伊奥利河河谷中有一片很高的老河阶地，很像高原的样子。

我们当前的任务就找到一棵能凿出一条小船用的杨树。奥罗奇人一直都在留意着每棵大树，放下行李后，还跑进树林里寻找，但每次都失望而归。

在路上，卡巴诺夫发现了以下物种：柳树的特殊品种（垂柳、粉枝柳），再就是白杨。这种植物的显著特征是长柄叶迎风摇摆，在林中单株生长。高地、河阶和山坡都长有落叶松。随处都能见到的灌木有卵形叶子的鞑靼山茱萸，花呈青灰色；多刺的野蔷薇，枝条为红褐色，叶子是小椭圆形，叶子背面长着细短毛。卵石堆积的岸边，紧靠水边茂密地长着手掌形的款冬，这是一种观赏类植物，叶子很大，四周有锯齿。奥罗奇人用刀割了很多款冬的叶茎，茎秆很长，还流着浆汁。他们美滋滋地吃着，我们看着都眼馋。款冬的味道有点像农村的孩子们喜欢吃的那种白芷嫩茎。总之，款冬是可食用的，当地的俄罗斯人戏称其为“奥罗奇黄瓜”。

终于，我们在7月3日找到了可以凿船的树，那是一棵胡杨树，高二十五到三十米，有两抱粗，就长在河对岸。我们欣喜若狂地卸下行李，这样就不用继续背着行李走了。奥罗奇人去河对岸时，我们开始搭帐篷。奥罗奇人对胡杨树查看一番，商量着怎样把树放倒，并清理了枯枝，然后念了一阵特殊的咒语开始砍树。

这棵参天的胡杨树就长在伊奥利河岸边，周围长的也都是很高的胡杨树。两百多年来，它一直像一个族长一样维持着森林的秩序，如果不是我们这七个长着两条腿的“小矮人”拿着斧头来到这，没准儿它还会长上一百年。被砍断的胡杨树发出噼里啪啦的声响，摇晃着倒下了，最初倒得很慢，之后越来越快。随着一声巨响，终于倒地“身亡”。这棵树因为太高还砸到了周围的树。穆林卡立即砍下一根树枝，垂直插入树桩中间。

我问他这是什么意思，他回答说这是树魂——“哈尼亚莫尼”，伐木做船的时候必须砍下一根树枝，砍的树要是用来做棺木的话，树桩上就不用插“哈尼亚莫尼”。

奥罗奇人把树从根部量出大约二十米，然后砍掉剩下的树尖。

他们干活时心很齐，干劲十足，很快就剥掉了树皮，一上午就把树修理好了，还做出了船底，凿出了船侧板。

奥罗奇人回到营地时，天色已渐渐暗了下来。累了一天的他们坐在火堆旁，短暂地聊了一会儿，就早早地睡了。

接下来的两天，阳光明媚，温暖如春。奥罗奇人用大木杆把胡杨木翻了过来，扣在枕木上。然后，他们用抹了煤粉的长绳在船舷上做标记，再用桦木做的刀割掉绳子上多余的线头。又花了半天时间才把船槽凿出基本轮廓。我观看了凿船的过程，穆林卡是总工长，他指挥大家，每个人都认真地各司其职。同时，纳穆卡也已经在船木的根部标出铲形船头的轮廓，去掉多余的部分。第二天快到傍晚的时候，船已经做好了。

7 月 5 日，奥罗奇人完成小船的最后加工。他们用特制的刨铲把船的两侧刨平，光滑得就像胶合板。船底做得稍厚一些，这样就可以抵挡浅滩上石头的冲击。现在就差用火把船烤一下这一步了。按照奥罗奇人的习俗，不能在砍树的地方生火，所以奥罗奇人就把船推到了河对岸，又找来桦树皮，先用特制的撑竿横撑在两个船侧板中间，再把船底架到枕木上，然后在悬空的船底下铺上桦树皮，最后点火烤船，这种方法既能把船烘干，又能烤出树脂。

趁着穆林卡和胡图卡在烘烤小船，纳穆卡做好了在船尾用的桨，格奥卡做好了撑船杆。到了 7 月 5 日下午两点左右，一切都准备就绪。我们一件不落地把所有的物品都装到了船上，撑着杆，沿着诺里河开始航行。

图托河和哈迪河既注入科皮河的诺里河，也注入大海。图托河和哈迪河的分水岭是一座褶皱山，该山呈桌形。峰顶很平坦，没有峰尖或鞍状山脊。褶皱山越靠南越高，在希德里源头形成整个苏维埃港沿海地区的最高点。这座山被称为“因达－伊拉萨”。从这里可以看到所有的山脉：向南可以看到萨马尔戈山，向北可以看到胡图山。

在这座山的山顶，也有一大片死水沼泽，里面栖息着一些怪物，比如体型巨大的蜥蜴。

附近的山体支脉呈星状延伸，因达－伊拉萨山是它们的交汇处。从这里发源的河流有伊奥利河的左支流希德里河，流入科皮河的桑库河。沿着桌形山脉的山谷流淌的是伊奥利河，它绕过因达－伊拉萨山，在山的支脉处形成十字。这里的山谷弯弯曲曲，流经峭壁的河水波涛翻滚、水流湍急。

山上的岩石比图托河的更丰富、更多样。在地表堆积越来越多的玄武岩中交替出现着裸露的花岗岩、页岩，以及各种火成岩、变质岩、砾岩。

在伊奥利中游，河宽约 15 米，航道深达 1.5 米，水流速度为每小时 5 ~ 6 公里。

我们在 7 月 6 日经过的第一条河是希德里河，但第二条希德里河我们花了很长时间都没法找到。在河口，它分成许多小支流，被茂密的植物遮挡。伊奥利河中游石滩很多，蜿蜒曲折。岩石山有的在这侧，有的在另一侧，或有的两边都是岩石山，有的夹在河床两侧。再加上陡度的河床，就可以看到伊奥利河急流的全貌。河水就像一头发狂的野兽，在岩石上翻滚跳跃，水流激溅，并在一些地方形成很宽的瀑布。从这里沿着伊奥利河顺流而下，既麻烦又很危险。

为了减轻船的重量，两个奥罗奇人撑船，其他人爬上山。我们一到山顶，才看出河道是一个环形。我们抄近道去等船上的人。

在这里，我第一次遇到了平叶白桦，这种树在以前发生过森林大火的地方整片生长。当我们下到伊奥利山谷时，我们又到了一片被春汛淹过的树林。林中有大片单色叶子的赤杨树（灌木赤杨）和灌木，以及枝叶茂密的小棵柳树（蒿柳）。

大约二十分钟后，我们到了一片都是沙砾的浅滩。我注意到浅滩的水边有十几只大嘴乌鸦，它们是来这里休息和喝水的。黑色的乌鸦在满是污泥的灰色石头中格外显眼。我从树丛中走出来时，离我最近的一只乌鸦大叫一声，惊慌地飞走了，随后其他乌鸦也被吓跑了，都飞进了树林。树林里有一只猫头鹰，乌鸦开始跟着猫头鹰飞。这只夜行猛禽躲到灌木丛里，从一棵树飞到另一棵树上，想努力地摆脱乌鸦群。不一会儿，这些鸟儿就都不见了踪影。

我们到了河边，坐在岩石上等队友们的小船划到这里。

我们开始等船。突然，一小群尖嘴秋沙鸭出现在拐弯处。一眼就能看出这是个雄鸟群，从季节上看，雌鸟一定是和没长羽毛的幼鸟待在鸟巢附近。秋沙鸭没有看到我们，游得离我们很近，它们一发现有危险，就会潜入水里。它们顺着水流游去了对岸，刚露出水面，就立即腾空飞起，沿河飞走了。

早上下了点雨，但下午天就放晴了。阳光透过雾气，照亮了湿漉漉的地面。浅滩上吹的是暖风。这时，飞来一只甲虫，发出很响的嗡嗡声，它在我们头顶上打转，想落下来。穆林卡突然起身，貌似感觉甲虫很值钱的样子，就开始抓它。我知道原住民其实不是很在意昆虫，所以我很惊讶为什么穆林卡这么卖力地抓它，就开始帮他一起抓。在我们的共同努力下，我们抓住了这只甲虫。原来，这是一只金绿色、背部长着白色条纹的金龟子。

逮住甲虫后，穆林卡立即把它装到一个火柴盒里，然后揣进了怀里。之后他解释说，金龟子是正在某处睡觉的麋鹿的“魂”。麋鹿醒后，就会去找自己的魂，这样就会找到我们的露营地。每个猎人都知道这一点，要是他们碰不上麋鹿，就会尽量捉一只金龟子，揣在怀里，于是在第二或第三天能碰上麋鹿。

队友们的小船到达的时候，已经是很晚了，没有心思继续走了，于是我们开始搭帐篷。

像往常一样，奥罗奇人把小木船拖到岸上，开始卸货。纳穆卡去林子里砍搭帐篷用的木杆，穆林卡去捡了一大捆生火用的木柴。接着，穆林卡用刀削出一些木刨花放在柴火下面，打开火柴盒时，金龟子迅速爬了出来，嗡嗡几声飞进了森林。

“哎呀呀！”穆林卡喊了一声，很恼火地看了看那只飞走的金龟子，“这下我是见不到麋鹿了！”。

大约十分钟后，纳穆卡回到了营地，还扛回两根长杆。他把杆子扔到地上后说在森林里碰到一只麋鹿，结果麋鹿被吓得冲进了灌木丛，纳穆卡很后悔自己没带上枪。而穆林卡却很笃定，这正是那只来找自己魂的麋鹿。

在因达－伊拉萨支脉以外，伊奥利河的河谷变宽了。山脉靠向谷边，只有一小部分靠水。水流也变缓慢了，而且水里有鱼，尤其河汊子里特别多。

沿着原住民经常出入的河流，在倒木中踩出一条小路。但我们既没发现这里被砍伐过、有人露过营，也没有发现火堆的痕迹。所有这些都证实了奥罗奇人所说：不管是夏天还是冬天，都没有人来过这里。

中午休息时，我爬上了一个靠海的光秃秃的山头，熟悉一下周围的地形。

伊奥利河河谷是西南朝向。只有最后的十二公里是沿纬度方向流动，三流交汇流入科皮河。包括因达－伊拉萨山在内的群山，都呈桌形，并且都很高。靠近河口处，左侧山丘被严重冲蚀，在山谷出口的巨大悬崖上长满了植被。当我们的船经过这些悬崖时，我就知道离河口已经不远了。

## V. 萨乌什卡 · 比赞卡

探险队在7月8日到达科皮河。在奥莫科－马马加悬崖附近，我们见到了一面红旗，上面写着："向你们致敬，一路平安。"这里是护林队在这里安放的给养站。在一个废弃的旧帐篷里，我们找到了装着补给品的箱子。在这里，我们还遇到了新麻烦：从符拉迪沃斯托克运来的面包干大部分受了潮还生了虫。休整一天后，我让卡尔达科夫和三个奥罗奇人沿着科皮河划船去查库赫梅河河口，希望从住在那里的原住民手里再弄一条船，然后再去买些新的补给品。

船去查库赫梅河河口时，卡巴诺夫和我忙着察看附近的情况。他每天都去山上，而我去奥莫科－马马加悬崖附近察看。

从伊奥利河河口看去，这些悬崖有点像古堡的废墟，上面长满了茂密的植物。有些悬崖的轮廓很奇特：有的看着像一个坐着的人，正在微微转过头听着什么；有的像一个目视远方的老人，在它旁边还有一个一动不动且相貌丑陋的侏儒，像是在用手指指着最大的悬崖——奥莫科－马马加就是这么奇特。不知道是不是因为我了解这个悬崖由来的奥秘，在我看来，它要么像一个穿着长袍的修道士，要么像一脸愤怒、架着双手放在胸前的女巫。多么有趣的自然奇观！仿佛有人特意用一把很大的凿子把石头雕成不同的形状。有的悬崖的轮廓还很像人、鸟和其他动物，总而言之，这些奇石能让人联想到其他活物。

科皮河河谷属于典型的剥蚀型河谷[1]，由一些被夹道连接的溶蚀洼地组成。住在溶蚀洼地非常危险，如果遇到下雨，则随时会被塌方淹没。科皮河的主支流也流经这里，从伊奥利河河口流向大海，有 170 公里长。这条主支流绕则过我们熟悉的因达－伊拉萨峰，向南拐了一个大弯，然后向东转，注入北纬48.6°左右的安德烈瓦湾。途中，科皮河分别汇入以下支流：往右是扎乌萨河、扎库梅河和黑貂的主要栖息地比亚巴里河；然后是奥罗奇人去“宝特奇”的必经之路，即在科皮河以南注入格罗谢维奇湾的杰普德河；最后是马伊和果普卡两条小河。在科皮河左侧没有很大的支流，只有一个桑库河，发源自卡哈迪和因达－伊拉萨山之间。

两天后，打发去查库赫梅河河口的人回来了。和他们一起回来的还有奥罗奇人萨乌什卡·比赞卡。

在当地原住民那儿没买到什么补给品，只买到少得可怜的鱼！没办法， 我们只能吃变质食品了。

新来的奥罗奇人叫萨乌什卡（小名），是我的一个老朋友，萨乌什卡这个名字是他小时候接受洗礼时起的。因为他的性格沉稳随和，俄罗斯人都很亲切地这么叫他。多年过去了，萨乌什卡从一

1　剥蚀是指在空气、水和冰川的影响下，岩石被破坏和磨损的过程。——译者注。

个男孩变成了一个男人，也老了，而这个小名依然被叫着。现在他已经差不多六十岁了，中等个头，干瘦，漂泊的艰辛在他的脸上留下了让人一眼就看出他是个猎人的特有的印记。他的眼神中充满着森林原住民特有的专注、谦虚、沉着。萨乌什卡没留胡子，深棕色的眼睛有点暗淡，但他视力很好，脸和手上的皮肤已经被晒得黝黑发红。大约二十五年前，按照满族的习俗，他得扎辫子，现在只剩下一些变了色的稀发，在后脑和鬓角垂着几缕头发。萨乌什卡穿的是本族的服装，是用一种说不准是哪种灰色的布料做的。上衣衣襟一直伸到膝盖，有个钉着扣子的斜领，侧面扎着腰带，所以腰部显得鼓鼓的。他穿着短腿长裤，戴着没有任何装饰的长护膝，穿着用麋鹿皮制成的鞋。腰右侧还别着两把奥罗奇人从不离身的刀。

近几年，萨乌什卡的身体每况愈下。开始咳血，每次发作时他都很难受，也相当无奈。和我们随行的奥罗奇人都很关照这位老人，照顾也很周到：给他补鞋、铺床、不让他抱柴火。

我们可是多年的老友，能在这里见到他让我很激动。当萨乌什卡从奥罗奇人那儿得知我们到了科皮河，他自告奋勇地护送我们到锡霍特-阿林山脉。这正合我意，他不但是一个经验丰富的猎手，还是一位追踪专家和不错的向导。

我第一次见到萨乌什卡还是在 1908 年。也许是天意，我们有生之年在奥莫科-马马加悬崖再次相遇。我们都已经老了，甚至见面时都没有马上认出对方。见面之初，我俩都激动得不知如何开场。我们有太多的话要说了！我们坐在扣过来的船上，回忆着过去。

他告诉我一个坏消息，我在二十年前遇到的许多原住民都去世了。

吃过晚饭后，明天要去恰库梅河的奥罗奇人和我的两个同伴都早早地睡了，我和萨乌什卡还有胡图卡一起聊了很久。这个废弃的旧毡房里很舒适，火堆烧得很旺，我们时不时地往里添些柴，火烧得更旺了，窜着长长的火苗，照亮了我们临时住所的幔布。毡房的入口被装着一箱箱给养品的帐篷遮挡着，大家睡在火堆的两边，火堆生起的烟从房顶的洞口排出。有时透过排气孔，能看到被皎洁的月光照亮的天空。

我跟萨乌什卡讲了我们怎么沿着伊奥利河行进，以及我们是怎么找到给养站的。我们的话题转到了奥莫科－马马加悬崖，我问他为什么要叫这个名字，之后萨乌什卡给我讲了下面这个故事。

很久以前，在科皮河的上游，住着一个叫康格伊的男人和分别叫阿德妮卡、奥玛卡的两个女人。他们活了上百年之久，老了后就石化了。几百年来他们相处得很和谐，但有一天他们因谁是此山的主人而起了争执。后来他们由争执变成了争吵，再后来演变为一场让所有的山都在颤抖、所有的森林都在哭泣的争斗。康格伊完胜，保住了自己的位置。其中的一个老妪阿德妮卡逃到了比亚巴里和杰普德之间的科皮河右岸，另一个老妪带着家眷一起搬到了伊奥利河的左岸，此后这里才开始被叫作奥莫科－马马加。

从此之后，每当奥罗奇人、乌德盖人和赫哲人经过这片悬崖时都会停下来，把他们的祭品摆在石头上：布屑、糖块、烟叶，或者倒上几滴伏特加酒，祈求打猎满载而归。这种习俗一直被保留至今。

外面传来一阵水花飞溅声。我急忙走出帐篷，寂静又明亮的夜空笼罩着沉睡的大地。天空中出现了一轮满月，满月的光线呈十字状散着四条光柱，左边和右边还能看到两个很亮的光点，也就是平时所说的幻月。月光在河面上泛着银光，渐渐升起一层薄雾。现在的奥莫科－马马加悬崖呈现出不同的景象：有些地方被照得很亮，有些地方则被一片黑暗吞没。天空飘过一朵云，云好像停在那儿一动不动，而那座像人脸的悬崖正表情愤怒地向它扑了过去。云飘走了，悬崖却又变得一动不动。

这时我又听到了水花飞溅声，原来大马哈鱼正在甩籽。延续完下一代后，大马哈鱼再游到河的上游，接着就死去了。

我回到帐篷，坐回座位上，我还不想睡觉。我们拿了些面包干，开始喝茶。萨乌什卡给我讲了很久以前在科皮河的往事。他回忆起自己还年轻的时候，当时的原始森林还很慷慨地赐给猎人猎物，猎人能得到很多皮货和肉，河里的鱼也很多，就连靠近海边的地方都有黑貂，而现在黑貂只在科皮河上游出没。现在最合适打猎的地方是扎乌萨河和几条支流，其中最漂亮的要数欧昂德河。源头由三条河流（埃蓝格斯）组成。这里还有个很可怕的古格达曼塔山，好几个猎人都死在了这座山里。

事情的经过是这样的：有一年冬天，多科迪卡部族的七个奥罗奇人和科宾卡部族的一个猎人沿着扎乌萨河上行去打猎。积雪很深，黄昏时分，猎人们发现了七只麋鹿的踪迹。他们决定在发现麋鹿的地方过夜，希望第二天能追上没走太远的麋鹿。天全黑下来的时候，奥罗奇人听到了动物的吼声，他们开始嘲笑麋鹿："别叫了，反正明天你们就都要被杀了。"只有那个科宾卡部族的人什么也没说，他是一个经验丰富的老猎人，深知除熊以外，麋鹿的地位最尊贵。第二天，天刚蒙蒙亮，奥罗奇人就去追赶麋鹿了，但麋鹿却越走越远。天色已晚，麋鹿到了古格达曼塔山，下山走到最陡的斜坡时，只见下面是陡峭的悬崖，猎人们赶紧朝着麋鹿追去。突然间，这群麋鹿又开始一起嘶叫了起来。瞬间成片成片的雪开始动了起来，最初很慢，之后越来越快，岩石和枯木裹在雪里一起翻滚。雪崩把树木连根拔起后向下冲去，坍塌的雪越来越多，摧毁了沿途的一切。在这次雪崩中，所有的麋鹿和多科迪卡部落的七个猎人都死了，只有科宾卡部族的那个猎人活了下来。雪崩时，他立刻向右滚到一个斜坡后边，及时地躲开了。

积雪融化后，多科迪卡部族的人去寻找死去的猎人们。在悬崖脚下，他们发现猎人的尸骨和麋鹿的骨头搅在了一起，从那时起，古格达曼塔山的陡坡就开始变得光秃秃的。萨乌什卡年轻的时候，去过发生雪崩的地方，据他说，到了下大雪的冬天，那里就会经常发生雪崩，坡下堆满了石块。只要上面长出新的植物，就会再次被土和雪覆盖。

萨乌什卡没再继续讲下去。随后屋里一片寂静，只能听到睡梦中的人均匀的呼吸声和火里燃烧着的柴火的噼啪声。这时，外面传来一阵声响，就像有人在呻吟和叹息。我掀开门帘，向帐篷外看去。月亮已经往西落下去了一半，柔和的月光照亮了树冠。河上的雾气越来越厚，高高的天空中，木星闪耀着均匀的白光。周围一片肃静，整个大自然都沉浸在黎明前的梦乡里。

胡图卡说："是麻鸭在叫，只要它一叫，人就会做噩梦。"

穆林卡在睡梦中伸了个懒腰，哼唧了一声，似乎是在验证胡图卡说过的话。胡图卡叫醒了他，穆林卡睁开了眼睛，嘀咕了几句，翻了个身，又睡着了。

天都快亮了，我们三个人仍然坐在一起小声地交谈着。在这火堆旁的不眠夜，在原始森林的深处，在和多年未见的交情深厚的老友的交谈中，总是有聊不完的话。这也是我旅行日记中最精彩的几页。

"我们奥罗奇人现在生活得很艰难，"萨乌什卡说，"十二年前，那场洪水很大，当时死了好多人。"

胡图卡也经历了这场洪水，他住在比亚巴里河河口附近，而萨乌什卡的毡房在库赫梅河附近。我知道这场洪水的一些情况，让他俩尽可能地给我讲得详细点。

1915年的夏天连续下雨，持续了很长时间。有一场大雨连续下了两天，妇女和儿童都从住的地方被转移走了。担心小船会被水冲走，奥罗奇人把船拖到岸边，垫上枕木。仅仅一天内，小船里积满的雨水就被倒了六次。到了第二天傍晚，雨水激增，把岸边全都淹没了。森林里的枯木也被卷进了河里顺流而下，卷走的枯木被冲得越来越远，浮木堆越来越大，最后变成了巨流，破坏力不比浮冰差多少。

卷着浮木的巨浪从山谷顺流而下，一路冲击毁掉了很多林中的树木。奥罗奇人划着小船，但根本到不了河谷中的高地，所有的船都被浮木撞沉了。最先遭殃的是妇女和儿童，男人们爬上水中的断木，但水中的断木相互撞击，被撞的人随即就掉入水中淹死了。萨乌什卡虽然得救了，但他根本没机会去救自己的亲人，只能眼睁睁地看着他们死去。这场可怕的洪水把科比河河谷的很多森林都摧毁了。现在，那里是一片长了十年的落叶松林。

老人沉默了，沉浸在悲伤的回忆中。

这时，外面又出现了新的动静。应该是狐狸在抓野兔或者是狼獾在捕捉香獐子。我们走出了帐篷，月亮离森林很近，从水面升起的薄雾，让人几乎看不到对岸。周围一片寂静，灌木叶子和下了露水的草地也很静谧。蓝色的阴霾依然笼罩着大地，但天空中已经能微弱地感到黎明的来临。

我们回到了帐篷，萨乌什卡也累了，给火堆添了柴后就躺下睡了。

第二天早上，我比其他人起得晚，我的同伴们都已经起来了。我匆忙地穿上衣服，来到外面，空气很清新。透过雾气，河对岸的山和树都看得不太清楚。感觉又要下雨，不过还好后来太阳出来了。大团的雾在移动，灰蒙蒙的像脏棉絮一样向东蔓延，飘荡在沿海的灌木丛中，有的地方偶尔透着一缕光……

奥罗奇人正在检查小船，修补和正在做新的撑杆。到了八点左右，天气已经开始放晴。我们把船放到河上，开始沿着科比河逆流划行，这里的河面有五六十米宽，水流每小时 6 公里，河道水深 2 米。源头由两条大小相同的河流组成，在右边的“洲沤界”是通往达格德河（萨马尔戈河的支流）的隘口，而在左边的是通往阿纽伊河的上游，在哈巴罗夫斯克下方流入阿穆尔河。

在上述两条河的交汇处附近是之前提到过的奥莫科 – 马马加悬崖，在它右边只有一条小河塔列乌奇，在它左边的支流有布鲁恩格河、玖河及伊古河。我们沿着伊古河一直走就能到达锡霍特 – 阿林山脉。

在科比河河谷，主要的森林植被是落叶松，靠近森林的还有杜香灌木丛。零星能见到几棵水曲柳，灰褐色的树皮上有均匀的纵裂缝，这种树和奥罗奇人凿船用的胡杨树一起生长在阔叶林中。据原住民讲，偶尔在这里还能见到海松，这是一种匀称挺拔的大树，这种树的树枝都向上长，树冠就像被刀切得一样整齐，属于中国东北的典型植物，一直从南边沿着海岸线及西边通过锡霍特 – 阿林山脉延伸到这里。

伊古河在伊奥利附近流入科皮河。中午我们到了河口，准备在这里大休一下。奥罗奇人泡了茶，萨乌什卡出去钓鱼了。他做了一根很长的钓竿，在上面系了一根细钓线，并在线的末端系了一个自制的鱼钩——巧妙地用羊毛和野猪毛做成的一只张着翅膀的“苍蝇”。他挑了一个河水冒着泡、浪比较大的地方开始钓鱼。萨乌什卡钓鱼的窍门是把“苍蝇”饵用鱼竿甩到河里，用竿拉着鱼线，饵就会浮在水面上，鱼会把假的苍蝇误以为是真的昆虫，就会咬钩。

不一会儿，老人就钓上一条橙红鳍、银色鳞、鳞边带有漂亮紫斑点的鲴鱼。萨乌什卡又甩了一竿，“苍蝇”饵还没接触到水面，第二条鱼就迅速地从水里跳出咬了钩，接着是第三条、第四条……就这样一共钓了四十六条。最后钓上来的鲴鱼体型有些大，肚子鼓鼓的，没有胸鳍和腹鳍。我去抓它时，它一直吱吱地叫。这条怪鱼在岸上比其他鱼跳得都厉害，撑着鳃，正张着嘴大口呼吸。萨乌什卡弯下腰想仔细看看这条长相奇怪的鱼，但它一下蹦得很高，鱼尾正好拍到了他的脸上。这可把萨乌什卡激怒了，他一脚把鱼踢开，嘴里嘀嘀咕咕地又回去钓鱼了。可是这会儿就好像有人把鱼赶走了一样，鱼都不咬钩了。萨乌什卡把没钓着鱼和奇怪的鲴鱼联系起来，认为都是这条丑鱼在作祟。在给这条鲴鱼开膛时，在它的肚子里发现了两只蜥蜴：一只是完整的，刚被吞下；另一只已经被消化了一部分。

休息之后，我们沿着伊古河继续前行。在行程的第二天，我们到了伊古河的支流加都河，它从左边注入伊古河。在这里，因为被浮木拥堵住，伊古河被分出了几条水道。遇到这种情况，我们只能趁早扎营。奥罗奇人拿着斧头去清理堵在水面的浮木，我、萨乌什卡和卡尔达科夫决定爬上离我们最近的山头，想从山顶看看伊古河河谷。

起初，我们走过一片长着落叶松、云杉和冷杉的针叶林。越往上走，树木的长势越不好：树长得细，也不高，还有的树顶已经枯萎了。我们沿着一条麋鹿踩出的小路走时，竟然没看到什么动物。山顶是圆形的平地，长满了偃松，因为偃松的粗枝耷拉到地上，压住了土地，所以树的周边都没长灌木。在偃松旁边，靠近岩石的地方长的是越冬小叶杜鹃，在潮湿的地方，长有白花序、常绿皮叶和树脂味很浓的矮杜香。

我挑了一个能看到河谷的位置，坐在石头上。

我们登上山头后看到了风景秀丽的山区全景，也算是对我们辛苦爬山的回报。伊古河大致是西北—东南朝向，整体上呈拉长的拉丁字母S形。在我们面前的是一片被侵蚀得很严重的古老山地。山丘比较立体，像巨大的化石群，分布在四面八方。其中一些山丘有点类似海角，延伸到了河谷中。近处的山丘能看得很清楚，但远处的山丘却淹没在缥缈的蓝雾中，给峻美的锡霍特－阿林山脉增添了一分柔和。太阳就快落山，光线和地面的夹角很小，所以有的山坡很亮，有的山坡则被罩在阴影之中。

卡尔达科夫拍了一些照片之后回了营地。在回来的路上，萨乌什卡和我在野兽出没的小路上迷路了，到了一片长着很多岳桦的针叶混交林，其中一棵桦树的树干不但很老还有很多窟窿，树皮里的木头也都已经腐烂，只有树根的一小部分连着泥土，要是用手轻轻一推，树就会倒地。山坡上有不少这种空了壳的桦树，萨乌什卡见到这些空壳桦树却很不开心。

“我们怎么到了这个地方？” 不知道他是和我说，还是自言自语。

之后，他突然向右转身，发现了一大堆泥灰土。

“看，这些白桦树皮，都是人为造成的。”他指着地上四个空壳的桦树说。其中两棵叉倒在了一起，另外两棵比较矮。还有的树冠都已经缠在了一起，树根向两边散开。

看着散落在地上的白桦树皮碎块，就能让人联想到很多具体形象，如人、动物、房子、船，等等，但前提是要想象力很丰富。我是这样觉得的，但萨乌什卡却对这些散落的白桦树皮非常顾及，他总是小心翼翼地躲着它们走。

我正要靠近空壳桦树，想看得更清楚点，但萨乌什卡大喊一声，不让我碰那根桦树枯木。这时，就在我身后，我听到了像是有人叹气的声响，原来是一棵根部腐烂很严重的树，突然间弯下了，开始往地上倒，差一点就砸到我。

“我们赶紧离开这里，”萨乌什卡说，“赶紧下山。”我跟上他往回走。

路上他有点焦虑，就连我问的问题都没理会。我们到了河边时，已经是夜色朦胧。听不见从古云杉树林传来的回荡于树丛和浅滩断木堆上空的浪声。河边树木的颜色很难形容，说不上是黑色的还是绿色的。某种夜禽挥着翅膀轻盈地从我们身边疾驰飞过。不一会儿，我们就到了宿营地附近，借着篝火的火光我们能看到帐篷和拖到浅滩的小船，以及在火堆跟前移动的人影。

奥罗奇人告诉我，远处的河上有不少浮木堆，不过勉强能继续走。要是一直在这里耽搁下去，就怕手中的食物不够吃。

吃过晚饭，我开始问奥罗奇人我在山上遇到的空壳桦树是怎么回事。他们跟我说，山里有个叫卡扎穆的“邪灵”，是个干瘦的巨人，长着萝卜形脑袋，只有三根指头。它变成不同的动物后，会扔掉像空壳桦树的外皮，在地上滚来滚去的东西就是卡扎穆的皮。人不能去有桦树壳的地方，不然要么是被猛兽攻击，要么是被石头或倒下的树砸中，要么扭伤或断腿，要么得怪病……

第二天早上，大伙儿告诉我萨乌什卡在地上晕倒了，还咳了血……

为了让萨乌什卡缓解一下，我们出发的时间推迟到早上九点。他稍稍恢复后，奥罗奇人把他扶上船，我们就出发了。

从我们露宿的地方开始算起，浮木堆有两百多步长，被浮木分流的河水又汇成了一个新的河道。虽然我们离开宿营地的时间不算早，但我们仍然赶了很多路。我们的船划到很晚，如果不是遇到新的浮木堆，没准儿还能多走几公里的路程。第二天进展得并不顺利：河水变得很浅不说，还出现了更多的浮木。

这么多的浮木是哪儿来的？在雨季，水会冲蚀岸边的大树根，大树被冲倒之后，就会卷走周围的小树。这些树木会被冲到下游，到了某地之后，这个“森林巨人”就会被卡住，就这样浮木越积越多，水压把树干都挤在一起，徒手根本搬不开。

我们往前走得很慢，只能一直在浮木中开路，既要撑船，还要不断用斧子清理河道。河中的大棵落叶松的树干使伊谷河河上形成了瀑布。

河水流过之处堆积了很多沙子和卵石。有时被冲倒的树的树顶会被卡在岸边。树顶和水面的距离很短，小船经过时就会刮到船舷，船上的人要么平躺在船底，要么翻过树顶才能顺利通过。

穿过我们在山顶看到的峡谷后，河谷变宽了。河的右边是一个陡岸，岸上的落叶松长得很稀疏，左边是一个很宽的河阶地。河阶地后边能看到峡谷和山峰，整片地的地貌给人一种奔放和庄严的美感。据萨乌什卡说，在这些地方，春天时会有很多麋鹿，鹿群映衬着雪地就像大大的黑点。河阶地上的树木已经被山火烧光，现在上面长得都是二十至三十年树龄的小叶桦树（平叶桦）。这里的蓝莓也长得很茂盛，已经结了果子，整株透着蓝紫色。到处都能见到大片开着酒盅大小花朵的黄百合，花朵就像摆好的烛台。

7 月 19 日，我们放弃了小船，再次背上了背囊出发了。

读者可以想象一下到处是沼泽的原始森林，这里断木丛生，天气炎热，然后就会理解我们背着沉重的背囊爬山是多么艰难。

我们越是接近锡霍特 – 阿林山脉分水岭，地形特征就越模糊不清。尖尖的秃山不见了，取而代之的是被侵蚀得平滑的小山。植被也发生了变化。这里的森林和伊奥利河源头的森林一样，有很多苔藓和沼泽。

这一天，我们在原始森林和利沃夫工程师带队的小分队碰上了，他们经过胡图河和阿德拉米河，到了锡霍特 – 阿林山脉，现在正顺着伊古河来科皮河测绘，然后再从乌林河附近越过哈迪河。我们两个队在一起休息一天后，就又各自上路了。

## VI. 锡霍特-阿林山脉支脉

7月23日，我们和卡巴诺夫小队分开了。他带着生病的萨乌什卡一起沿着伊古河和科皮河返回海边。

紧靠锡霍特–阿林山脉的山口呈现为深鞍状山脊。我第一次穿越这里是在1909年3月，并用“俄罗斯地理学会”给这座山口命名。鞍状山的最南端和最北端，由参差不齐的平顶和地衣冻原的高山组成。东边是陡峭的山坡，西边是平缓的山坡。从这里可以看到戈比利河（阿纽伊河的右支流）和阿德拉米河（胡图河的支流）的上游，而在南部可以看到科皮河和萨马尔戈河的上游。

在大约海拔一千一百米的山口处，有个马祖罗夫工程师标牌[1]。在这儿我发现了我以前钉在一棵老树上的牌子，上面写着“俄罗斯地理学会山，1909年3月28日，阿尔谢尼耶夫、哥萨克人克雷洛夫；向导：马鲁尼奇、罗日科夫、格列果拉”。在这个牌子的下方，我还钉了一块牌子，上面写着“1927年7月21日，V.K.阿尔谢尼耶夫、V.I.卡尔达戈耶、P.胡图卡、F.穆林卡、A.纳穆卡、C.格奥卡”。

---

1 标牌是水准测量中一种用在检测和检查点上的标志。——译者注

从山口顶部可以看到茨扎沃河河谷漂亮的景色，茨扎沃河注入迪米河，而迪米河又从中游注入阿纽伊河左侧。天空黑压压的乌云都已经快撞上锡霍特－阿林山脉的顶峰，在西边能看到云中的缝隙和被太阳照亮的山丘。

我们从山口下山时已经不早了，找到水源后，就在我以前做过天文标识的位置附近扎营。

清晨，我被打在帐篷布上的细密的雨点声吵醒了。应该说，在高山遇到阴雨天就是家常便饭，每片云都裹着雨水，这就是为什么在山顶上我们能见到厚厚的、像海绵一样能挤出水的苔藓。而山下即使是阴天地面也很干燥。山里马上就会下雨，我们得快点赶回伊谷河河谷。

情况不是很乐观。浓雾，长满雾松萝的针叶林，还有树干和地上的苔藓，都让人异常烦躁。雨下个不停，一会儿大，一会儿小。我们在帐篷里待了一整天，无聊地喝着茶，嚼着面包干。

到了 25 日早上，雨似乎有点停了。然后我们去了下面的索洛里小泉眼。山间强风大作，能看到树都在摇晃。

潮湿的阴雨天气在原始森林还要持续一段时间。在锡霍特－阿林山脉以西，落叶松再次取代云杉和冷杉，苔藓和杜香也不多了。先是稀疏地长着几棵，之后是成片的赤杨（灌木赤杨），深褐色树皮，有光泽、多树脂叶子。还长着一些河柳，它的叶子边缘呈锯齿状。我在日记中记下了熟悉的灌木白桦和小叶兴安杜鹃，这种杜鹃的树皮呈灰色，树叶为皮革质。在小溪河床上，木本植物比较稀少，这里的假苇拂子茅生长得很茂盛，但没有平原上长得那样高，但这里对熊来说却是个很好的藏身地。

过了锡霍特－阿林山脉，我们就立即进入了初秋。有些地方，树叶都开始变黄，这也不奇怪！首先是我们处的海拔相当高，再者在时间上我们大概提前了。

索洛里河是一条纵向沿着山谷流下的山间小河。起初，我们沿着沟壑纵横的山坡往下走，水从狭谷流出来，形成了嘈杂的瀑布。渐渐地，山谷全貌尽显，越走越宽，同时也越来越深入锡霍特－阿林山脉的支脉，支脉是与南北两侧接壤的峻岭。

在路上，卡尔达科夫还发现了黑白尾翼的长尾鸭，爪子呈灰色，嘴为橙色，尾羽长长的。它们看起来很温顺，可以让人近距离观察，但实际上它们一直都很警惕。用猎枪很难猎到这种鸟，霰弹还没打到它们，它们就已经潜进水底了。之后我还看到了一只黑色河乌鸟，这种小鸟的体型和鸫鸟差不多，非常伶俐敏捷，在石头之间跳来跳去，不断地四处张望。河乌鸟发出类似麻雀啾啾的叫声，很好听，还很有节奏地晃动着尾巴，点头的节奏很优雅。我想停下来观察它一下，但河乌鸟迅速飞向了泛着漩涡的水面。河乌鸟能这么快飞走，可能是出于本能，不一会儿它又浮上水面，飞到浅滩上，又回到水里，越游越深，直到完全消失。我走到了水边，这时，河乌鸟又跳到石头上，就像什么也没发生过一样，连羽毛都没抖一下，就飞到了另一个岸边，然后到了第三个岸边，消失在转弯处。

接下来的两天又是很冷的阴雨天。云在低空翻滚，雨下个不停。

*Антология современной русской экологической литературы*

只有到了晚上才能把衣服上的水拧干，之后再去用火烤干。

第二天，我们见到了一种和欧洲白桦非常相似的白桦树，后来遇到了水曲柳，这里遇到的水曲柳和科比河森林中的水曲柳属于同一品种。还有一种黄枫，黄色木质，灰褐色树皮，五裂叶子带有粗锯齿。最后一种是胡杨树，大到可以用来凿船。从锡霍特－阿林山脉东坡的鄂霍次克植被到察沃河流域的中国东北植物树种，过渡得有些突然。还有一片灌木丛里长着接骨木，接骨木很容易识别，它的叶子很大，果实是一簇簇红色的小浆果。这里还有刺五加，跟人参的叶子相似，叶子上长着薄薄的脆刺，人从刺五加丛中走过，手上就会被扎到好几根刺，膝盖上也会被扎到好多根，还好这种刺扎得不深，也不会引起严重的皮肤溃烂。

刚找到大小合适的树木，原住民就开始凿船了。

刮风下雨的时候，我有点感冒了。好在我是到地方之后才病的。我一直打起精神强忍着，走路都很困难。奥罗奇人在凿船时，我只能躺在帐篷里休息。虽然身体不再感到忽冷忽热了，但我还是起不了床，感觉自己虚弱得就像一根小草。

8 月 28 日，雨终于停了。奥罗奇人到河边去烘烤做好的小船，卡尔达科夫带着他的照相机去了某个地方拍照。只有我一个人留在营地。

风平浪静，但热得让人很难受。空气好像都凝结了，树叶和拂子茅纹丝未动，感觉时间都变得漫长了。莫名的慵懒控制了整个自然界，全都进入昏昏欲睡的状态，就连蠓虫和蚊子也都消失不见了。晚上六点，我穿上鞋走出了帐篷。密林中依然透着阳光，在两棵柳树之间结的蜘蛛网映射出彩虹般的光。天色渐暗，通过植物的光合作用，这里的空气和城市的截然不同，很清新。我坐在石头上，往西望了很久。地平线上的太阳已经消失了，在扎沃谷的方向。天空蔚蓝无云，长满云杉和冷杉的山峰被天空映衬得很清晰，吸引了我好一阵儿。雾气缭绕在每棵树的上方，针叶树越高，雾气就越重，颜色也就越深。

我揉了揉眼睛，以为是我发烧出现了幻觉。可是，为什么在白桦树和柳树上见不到雾呢？附近还长着两棵小云杉。我很费力地站起来，站到树顶对着晚霞的位置，看到在小云杉的上方也有同样的“气流”在旋转。这时，格奥卡回到了宿营地。我让他晃动一下其他的云杉树，“气流”瞬间就消失了，树不动的时候，“气流”又出现了。

我把格奥卡叫到身边，问他在针叶树上看到了什么。

“我觉得是一些蠓虫，”他补充说，“我去把这些蠓虫逮住！”

他走到云杉树下，开始用防蚊网捕蠓虫。他一直挥来挥去，直到他最终觉得是在白费力气才停下来。

格奥卡累了，走到我身边，若有所思地说：“我第一次遇到这种情况。不知道这是好事还是坏事！”

太阳越落越低，西边的地平线变成了深红色。天刚变得凉快些，打转的“气流”也跟着消失了。云杉和冷杉的树顶聚集的有可能是挥发油，油在挥发的过程中形成了盘旋的形态。夜晚的霞光被挥发油遮挡后变得很暗。

卡达科夫和奥罗奇人做完事回来时，天已经很黑了。

到了第二天早上，我感觉身体恢复了一些。日出时分，我们离开了营地，沿着扎沃河划行，中午进入了迪米河。

与锡霍特－阿林山脉西侧平行的是一个非常古老的、被严重侵蚀的变质页岩褶皱山。这是原始地壳形成的褶皱山，也是古地轴，在其周围形成了现在的乌苏里地区。到了迪米河就能看到漂亮的结晶岩的裸露处。在一些坍塌的地方形成了漂亮的岩洞。在岩洞的右下方，有个很高的岩石岸，由细层纹状或叶状的泥质岩组成。岩层已经变形得很严重，有的地方倾倒了，有的地方甚至都坍塌了。

在迪米河流经的地方，形成了危险的坝槛。河水以每小时 18 公里的速度流过，冲击着岸边的岩石，在翻滚的瀑布中泻下，慢慢地、不间断地侵蚀着用数百万年时间形成的厚页岩。坝槛附近的水流声很响，正常说话根本听不见，只能互相附在耳边扯着嗓子喊着说。下面的河床被石头堵住了，形成了很宽的石滩，河水潺潺流淌，似乎是对大自然有怨气，于是特意在通往阿穆尔河的路上设置了障碍。

快行至坝槛附近时，我们停下了脚步，该怎么走呢？顺着瀑布往下走很危险，又不可能把装着货物的船拖过高高的岩石。权衡利弊之后，奥罗奇人决定碰碰运气。我们只能利用岸边作为出发点，湍急的水流把我们自重不大的小船冲起，以特别快的速度冲过坝槛。岸边长着一些树和灌木，河水拍打着露在岸边的岩石，泛起的白沫和浪花从四面八方把我们包围，就像是在追着我们的小船跑一样。

因为别无他法，所以我们只能下定决心冲一下。要是旁边有人能看到我们的脸，就能发现我们每个人都面色苍白、双唇紧闭、眼神惊恐。小船摇摇晃晃地越过了瀑布，船身一直向两边倾斜。船里灌了很多水，但也顾不了这些了，我们还是快速地冲了下去。奥罗奇人站了起来，用撑杆顶着石头。这些石头好像是活的，时不时地出现在水里，就像是在互相比赛，不惜一切代价拦阻我们的去路，我被转得有点头晕。

突然，船下沉了，冰冷的河水从头到脚浇了过来，我被淋得哇哇大叫。船身回正后，水流也平静了，流水声也变小了。这时我才发现，船里的积水已经漫过了我的腰。奥罗奇人把船转向岸边，来到了一个卵石滩，费力地把小船拖到石滩上，开始用桦树皮做的桶从船里往外舀水。

得休息一下了，晒干湿衣服。趁着这段休息时间，我沿着岸边一直往下走。在下游，鹅卵石滩变成了淤泥和沙子，这些泥沙是被河水冲击带过来的。我在沙滩上看到两个新脚印：一个是老虎的，一个是鹿的；还有一个是旧的熊脚印。这时我看到了穆林卡，他一边走一边仔细地看着地上，我看到了他脸上满是惊恐的表情。

“安巴——霍克托尼（老虎的脚印）？”我用奥罗奇语对他说。

“你自己看。”他回答道，指着沙地上的细长条，像是一根长木留下的。“这可能是蛇或类似蛇的东西留下的痕迹。”我大声说出了我的猜测。

“你不知道，”回答我后，他继续用他奥罗奇语说，“唉咿—苏嘎拉—霍科多尼—巴格迪赫（这是‘巴格迪赫’的雪橇印）。”

然后他大喊一声，响亮的回声在我们周围回荡，先是在我们前面，接着在我们后面，然后又在前面很远的地方回荡着，好像有人在原始森林中也跟着喊一样。回声响彻森林，之后在山中某处消失了。穆林卡站在那儿，嘴巴微张，侧着耳朵，听着这些奇怪的回声。最后一个回声消失后，他赶紧来到船边，快速地跟其他奥罗奇人说了些什么。他们的脸色都变得凝重起来，急忙开始把船推入水中，叫我跟上。

随后，我们沿着迪米河继续航行。然后我开始问他们急忙离开这里的原因。从他们的回答中我了解到，“巴格迪赫”是一个全身长满长毛，就连脸上也长满长毛的小矮人。这种小矮人住在周围有很多悬崖峭壁的森林里，能控制回声，能让人听到远处传回来的声音。奥罗奇人很害怕“峭壁反射的回声”，唯恐避之不及。不过“巴格迪赫”出没的地方很容易就能看出来，冬夏都能发现“巴格迪赫”出没的脚印。它通常是滑着一只雪橇行走，我们在沙地上的石滩附近就见到过它的脚印。

在迪米河石滩下方的河床中，有很多地方都被岩石堵住了。有 15 ~ 20 米宽的地方，河水以每小时 7 ~ 8 公里的速度流动。这里浅水区的急流比较多，水声嘈杂但相对平静。划船就能通过，但得小心仔细观察前方。在快到 15 公里外的河口之前，迪米河被拥堵的浮木分出很多河岔子。

我们顺流而下，速度很快，目前还算比较顺利。有时我们会在大一点的河岔走错路，很费力才能出去。奥罗奇人时不时下来观察地形，他们凭着经验推测该往哪儿走：河岔周围情况、水流速度以及水花都逃不过他们的“法眼”。奥罗奇人灵敏的听力能听出前面水域的不同声音，并能马上调整船头，避开危险的地方。

我们离锡霍特－阿林山脉越远，植被特征的变化就越明显。山顶开始出现云杉、冷杉和落叶松，山谷是阔叶林。现在随处都能见到飘着香气的胡杨树，挺拔的浅灰色树干足足有两三抱粗。胡杨树周围还长着山榆树，属于森林中尚未被人类破坏的原始物种，树冠就像是特别的气流植被层，长在笔直平整的灰树干上。在茂密交错的枝叶中，野兽有猞猁、貂、狼獾、松鼠、黑貂；鸟类有鸱鸺、猫头鹰、星鸦、黑啄木鸟、松鸦、鸸鸟、啄木鸟。在榆树和杨树旁边的林荫里有棵小叶枫树，五裂的尖叶已经开始变红。岸边长着开着粉红色绒球状小花的绣线菊（小叶）。还有一种长得很高的灌木花楸，枝条打结，羽状叶，白色飘香的花序像个绒球，里面藏着很多昆虫。

靠近水边长的是浅绿色的凤仙花，这是一种很原始的草本植物，叶片肥厚。只要轻轻一碰，它的种壳就会爆裂，发出轻微的噼啪声，种子就会散落到四周。拂子茅也越来越多，同叶子散发着清香的艾草一起混生，艾草已经开过花了，花朵已经褪色、干枯。浅滩上长着很多我们熟悉的大叶款冬，现在已经长得有些凌乱，散发着辛辣味。但最漂亮的、最引人注目的植物还是鸵鸟蕨（荚果蕨），巨大的叶子像鸵鸟的羽毛，这也是它名字的由来。

一些迹象表明，阿纽伊河离这里不远了。透过远处蒙蒙的雾，能看到与迪米河山谷垂直的山脉走向。

一整天的天气都是变化不定。下了几次雨，快到傍晚时，天空才稍稍放晴。我们还差几公里就到河口了，在河的右岸转弯处扎营。一边是大的浅滩，另一边是陡岸。河水冲坏了岸边，所以很多树木都是倾斜着生长。沙地上有很多熊的脚印。奥罗奇人开始扎营，我扛着枪去浅滩处走走。其中一个熊的脚印看起来很奇特，留下爪印的熊肯定是身子长、腿短。发现我们的船后，它被吓得在浅滩上乱跑，最后跑掉了。

起初我走得很快，踩倒了很多花楸，但后来我放慢了脚步，尽量不出声地走。突然前面有黑东西闪过，我想有可能是一头野兽。我有一次还听到灌木丛中有沙沙声，逃走的动物留下的脚印把我引到了河边，在河边脚印就消失了，很可惜我没能追上那头长着怪腿的野兽。我蹲坐在岸边休息了一会儿。

太阳肯定已经下山了，因为光线明显变暗了，空气也凉爽了许多。这时，河上起了雾。长长的、白色的丝状雾气向上升腾，形成很多奇怪的形状。在大自然的深沉寂静中，我都能听到自己的心跳声。漆黑的水面上出现了圆圈，那是一些鱼张着嘴大口大口地在呼吸着空气。

突然，有什么东西在我的脚边“扑通”一声跳进水里。原来是一只大青蛙从岸上跳进了水里，但青蛙很快就浮上水面，用它那鼓鼓的眼睛盯着我。我站起身，往宿营地方向走去。

我在浅滩遇到了格奥卡。他从旁边走了过来，也要返回宿营地。我叫住了他，他转过身来，呆呆地站着一动不动。我到他跟前时，见他正越过我看向某处空地。他的眼神中充满错愕和恐慌，我回头看了看，河上的雾气已经消失了，只有靠河左边的灌木丛中还尚存一块又浓又白的雾气，看起来很像一个穿着长袍的"白幽灵"，举着手好像要打人。"白幽灵"的头又像是被面纱蒙着，面纱的两端在空中飘动。

"唉咿，卡尼吉——咿——咿！"格奥卡大声叫喊着，像是终于恍然大悟了。

"卡尼吉！"森林里传来回声。

好像是被人的动静吓了一跳，"白幽灵"又缩了回去，落向水面，消失了。最后一缕雾也融入了空气中。

"'白幽灵'怎么会出现在这？" 格奥卡若有所思地说着，朝帐篷走去。

当我们回到宿营地时，他开始兴致勃勃地对其他的奥罗奇人讲起了幻象。他们聚精会神地听着，时不时地提出疑问，并时不时地说着自己的看法。

吃过晚饭后，我问格奥卡"卡尼吉"是什么。他告诉我，这是对生活在水里的一种女性的称呼。她们长得很漂亮，人身，鱼尾。有时"卡尼吉"会裸身或穿着用雾气织成的衣服浮出水面。如果她们说出一个人的名字和来历，那个人肯定就会被淹死。

让我惊讶的是，“卡尼吉”和美人鱼的传说很相似。不仅内容大致一样，甚至在细节上也是。为什么会出现这种巧合？也许美人鱼和“卡尼吉”的传说最初都起源于古代中亚的某个地方。流传到西方后，斯拉夫人把它称为“美人鱼”，流传到东北地区后，奥罗奇人把它称为“卡尼吉”。

奥罗奇人就这个话题聊了很久。他们说“卡尼吉”喜欢戏弄人，经常把人呼唤到自己跟前；如果她们生气了，会放走网到的鱼，破坏船只，抓破渔网，拿走鱼叉。有时人们能在划船时或在浮木上看到她们的身影。见到人来时，她们会跳到水里，或像雾一样渐渐消失在空气中。人们必须大喊大叫或鸣枪才能赶走这些烦人的“卡尼吉”。

这个话题一直聊到深夜。睡觉前，为了不让“卡尼吉”靠近，奥罗奇人特意把船拖到靠近火堆的地方，还让火堆维持整夜都不灭。

## VII. 阿纽伊河上游

7 月 30 日，我们到了阿纽伊河。我都没认出这就是阿纽伊河的河口——迪米河。迪米河以前从岩石山的山脚下涌出，但现在出水口已经向南移动了半公里。古老的河床上满是卵形石，上面长满了幼林。河的流向明显发生过两次改变，现在的迪米河缓缓流入阿纽伊河，被一个大的卵石滩和老河床隔开。在这里我找到了马祖罗夫工程师精心为我们准备的给养品和他 8 月 2 日写的信，信里他告诉我，发洪水，托马逊河过不去。

在阿纽伊河河口附近，我们停留了一天。天气变好，温暖如春，就像特意为我们放了晴似的。奥罗奇人在鹅卵石上铺开帐篷晾晒后，接着开始清点物品，我则去了阿纽伊河。我本来以为阿纽伊河会像以前刚发现它时那样水流湍急，那时在河里航行非常危险。我记得在 1908 年，河面上的激流特别危险，我们只能特别艰难地沿着河边跋涉。我还记得伊冈河可怕的漩涡，漩涡里还卷着很多大树，在很多地方，连原住民都不敢在伊冈河里划船，只能把船拖到岸边，二十年前的阿纽伊河就是如此凶险。而我们刚到迪米河河口的时候，更是让我错愕不已。二十年后的阿纽伊河以一种异常平静的样子迎接我们的到来。“放眼望去，流动的河水既没有回响也没有轰鸣，不知是否会再现当年的磅礴气势。”

我都没认出这就是当年的阿纽伊河。从地理位置上看，这的确就是阿纽伊河；但从特点上看，却又不像是阿纽伊河。1908 年，当时在这条河上航行既疯狂又冒险，但现在，也就是在 1927 年，我见到的是一条异常平静的河，就算是流送木材也完全没问题。1908 年，上游的水流速度为每小时 12 公里，下游为每小时 10 公里。但现在水流速度已经大大减弱，上游是每小时 8 公里，下游是每小时 6 公里。奥罗奇人也发现了这条河的变化。他们说，水流越平缓，源头的水就越容易流出，水缓冲得就更好、更安全。以前他们在两天内就能顺流而下，现在则至少需要花上三天半甚至四天。

是什么导致阿纽伊河发生了变化？原因只有两个：要么是源头的水变少了，要么是河底变平了。

傍晚时分，天黑之前，我们坐在河边，谈起肯定是有某种力量让河底变平了。就在此时，从阿纽伊河的侧面传来了奇怪的声音，有点像地下发出的轰隆声，就像在证实着我的推测。声音透过水底不断升高，时强时弱，然后突然又变得很响并传到我们这里，声音里透着怒吼、呻吟和“咬牙切齿”。就在声响传到我们这里时，应该是河底的水流正在冲击着一个重物——没准儿是块几吨重的大石，没多大一会儿声音就消失了。

结束了一天的工作，我回到了营地，奥罗奇人开始做晚饭。很快，营地的人都进入了梦乡。

我却久久不能入睡。夜晚异常安宁，繁星点点的夜空，深邃且没有尽头。突然，又传来了之前的那种声响，低沉又有力，神秘又可怕！

寂静的夜晚，声音响起得很突然。肯定又是河底的水流冲击了石块，石块被推到了下游。这次的声音也是先弱后强，之后再消失。纳穆卡从隔壁的帐篷里出来了，他也被这吓人的声音给惊醒了。这种声音没吓到在这里露营的我们，但如果是一个人在这寂静的原始森林里，肯定会被吓疯！如果说不是某种“邪灵”在作祟，真的就没有其他解释了。产生这种奇怪声音的原因，我们自己也只是猜想而已，就连我这种受过高等教育的人，留下的印象都非常深刻，更何况是对一切陌生事物都用“邪灵”说解读的原住民呢！

这里很多的地方，在过去二十年来都发生了重大的变化。陡崖出现了塌方，河床也发生了侧移，所以山谷中的河底才会变平，一些水道被卵石堆积后，漩涡也跟着消失了。莱伊尔地质学说曾讲到，自然界的所有变化都是缓慢发生的，在长达几个世纪、几千年的时间里，肉眼几乎无法察觉沙砾被水冲细、滴石穿等。如果我们没有发现这一过程，那是因为我们的生命短暂、知识匮乏，根本没去关注。在水和大气介质的作用下，地貌发生了巨大的变化，二三十年后，原住民就不再认得他们曾经去过的地方。随着森林的消失，地表被破坏得就更快。莱伊尔的地质学原理并不是一成不变的，而是需要灵活运用，有时需要对居维叶的“灾难论”进行修正。位于霍尔河和阿纽伊河上游的锡霍特－阿林山脉是一块被严重侵蚀的山地。这里有五条平行的山脊，非常古老，位于海平面以上。

这些山地褶皱改变了层积谷底和断层谷河流的方向。如果站在霍尔河的河源地区问当地的向导，从右侧能到哪条河，他会回答“阿纽伊河”。但是如果你再问从左侧能到哪条河，你还会得到同样简短的答案“阿纽伊河”。也就是说，霍尔河的上游地区被阿纽伊河环绕着。

最东边的褶皱山是锡霍特－阿林山脉，最西边的是霍尔河、年普图河和穆亨河的分水岭，这三条河从哈巴罗夫斯克的右下侧流入阿穆尔河，也就是我们一直在前往的地方。阿纽伊河上游的山都不高，全都是宽鞍状山脊的平缓山丘，是典型的侵蚀性景观。

从这里开始，阿纽伊河先是流向西南，然后略向东南，接着河道又转向东北，直到迪米河从右侧汇入为止。

阿纽伊河上游的水很浅，急流多，划行十分危险。原住民只有在冬天才会走过冰面来到这里。这里没有山谷，山丘直接从水中升起，有的山丘有斜坡很陡；有的山丘垂直矗立在水中，错综排列。在一些地方，肉眼就能看到河底的坡面。当地的乌德盖人曾经试图驾船到阿纽伊河的最上游，虽然他们下水前做了多种防护措施，如用带子把船勒上，两边再坠上石头等，但依然没能成功，而且还有一人因此丢了性命。

在源头处，阿纽伊河由三条山溪组成。它们的汇合处被称为“埃拉茨扎沃”。从这里顺流而下，阿纽伊河分出了以下支流：左边是萨戈德比扎河、弥金卡里河、巴姆博尔里河和大托乌萨河，右边是约卡比扎尼河、乌德佳基河、小托乌萨河和迪米河。在约卡比扎尼河对面的岩石上有个山洞，从洞穴深处会传来各种响声，时不时还有石块从洞顶掉落。据原住民说，这里是最可怕的“邪灵”——“卡克扎姆”的老巢。猎人们在经过山洞时，都不敢说话，也不敢发出任何声响。另一个值得关注的是巴姆博尔里河，它起源于塔里达基-杨戈尼山脉，是霍尔河和阿纽伊河之间的分水岭。巴姆博尔里河整个山谷里到处都是大圆石，也正是这个原因，才有了现在的名字。冬天，蒸汽从石头下面冒出来，山谷里的水永远也不会结冻。离弥金卡里河不远的地方，在阿纽伊河上有一个非常漂亮的瀑布。在这里，整个河底被断崖拦截切断，大量的河水从这里滚落，发出巨大的声响。在崖底，有一个很深的水潭，秋天里面会有很多大马哈鱼。

7 月 31 日，我们离开迪米河，沿着阿纽伊河顺流而下，阿纽伊河流经峡谷的河段至少有 40 公里长。山谷弯弯曲曲，被高高的岩石山丘包围。这是一个典型的剥蚀型峡谷，谷中有很多洼地和狭窄的通道，因此被形象地命名为“俄罗斯峡谷”。河水沿着变了形的河床，有力地流淌着。在急流处，河水翻滚，水流声很响，之后变得几近咆哮；河水顺流而下，冲击着岩石和岸边的悬崖，感觉都能把岩石和悬崖冲碎。听着河水的声音，奥罗奇人从船上站了起来，收起撑杆，观察着前方的情况。

其中的一个激流特别危险，三排石堆横亘在河中，中间的石堆靠近左岸，其他两排靠近右岸。奥罗奇人调转船头，让船尾顺着水流通过了狭窄通道。过了第一个石堆狭道，还没到第二个时，奥罗奇人先把船横向划到了河的右侧，把船身压低后，再把船侧移到左边，只有这样才得以顺利地离开石堆狭道。离开这段水域后，奥罗奇人用双手压着撑杆撑船，然后收起了船桨，才坐了下来。

在阿纽伊河中游，有一片长势很好的针叶树和阔叶树混生林。在这里，我们第一次见到了红松，先是见到了一棵，之后在林中又发现很多。通常，红松的树干在树顶部分会分出好几根树杈，这些树杈再单独成束生长，因此从远处就能把红松和云杉以及冷杉区分开。除了杨树、白蜡树和榆树，这里还有一棵柞树，柞树的叶子在没发新芽前会一直长到下一个春天，等新芽出来后老叶才会掉落，从这一特点来看，柞树以前很有可能是常绿乔木。柞树喜欢生长在阳光充足的山坡，黑桦也喜阳坡，一般黑桦和柞树都是交替混生。黑桦树主干的树皮为黑褐色，裂开后会呈鳞片状，它的枝条很不规则，因此和白桦以及岳桦的区别很明显。紫椴的树干矮粗，树枝长有疤节，也和前面讲过的树一起生长。柞树和黑桦长在山的南坡，而紫椴则喜欢长在它们的下方——有冲积土的地方，这样就能避免光照被其他的树木遮挡。在沿河林带，还长着很多河柳（绢柳），形成一片柳树林。柳树枝条从根部长出，沿着主干向上延伸，和钻天杨有点相像。到处都能见到很高的灌木毛榛，果苞带有毛刺，呈管状。还得说说五味子，要不然对这里灌木丛的描述就不完整了。五味子长在灌木丛里或缠绕在朝阳的树干上。红色的浆果密密麻麻地成串生长，压弯了枝头，果子的味道很好闻，和柠檬的味道有点相似。在潮湿的地方，有一片茂盛的蕨类群。紫萁的叶子粗大、扁平，所以它常常会挤到其他植被。还有另外一种蕨类植物叫姬蹄盖蕨，它的叶子显得更优雅、精致，叶片背面的中间处有毛孔。这里还有许多其他天趣盎然的植物，逐个说完要耗费很多时间和精力。这里的植物都开过花了，已经开始结籽，生长期基本结束。树木上夏天的痕迹虽然还没有完全退去，但叶子已经开始变色，变成鲜艳的秋天色调。

整整一天，我们都在沿着阿纽伊河划行，欣赏着陡峭的岩岸、茂密的树林和波涛汹涌的激流。山峰上的悬崖看起来有点像被人遗弃、久经风霜的古堡。

水流冲着我们的船在河中前进，但有时也把船冲向岸边，我们只能低着头，避免头撞到低垂在水面上的树枝或树干。我们每个人都老老实实地坐在船里，紧张地盯着伸到岸边河面上的树木。

有一次，我们被一只体型不大的猛禽追赶。它在水面上飞得很低，几乎都没怎么挥动翅膀。在空中飞的时候被胡图卡射中了。从水中捞出一看，原来是一只老鹰。深褐色的羽毛，头的颜色略深，尾羽分叉。据奥罗奇人讲，这种老鹰以腐鱼为食。有时这种鸟会飞到天空很高的位置，然后像石头落下那样俯冲，但就在快到水面的时候，又能灵巧地在空中盘旋，再次往高空飞。

大约中午时分，我们靠岸休息。上岸时，我听到附近的灌木丛中传来松鸦刺耳的叫声，很快我就见到了那只松鸦。松鸦的羽毛为红褐色，翅膀上为蓝色和黑色相间的横斑，头顶有羽冠。这只松鸦贼头贼脑地四处张望，不停地从一个树枝跳到另一个树枝，偶尔跳出来，然后又再次躲进树丛。下午，我发现了两只沙鹆，这是一种极其漂亮的鸟，羽毛为深色和白色相间，外形类似于鹬鸟，但嘴很短。它们在沙地浅滩上蹦来蹦去，在水里啄食。它们时不时地停下来，优雅地挥动着尾羽。当船划得离它们很近时，它们先是从水中跑开，然后腾空飞上天，飞到对岸，落到了河边。

在黄昏前不久，我们开始找地方露营。

右边是阴森的峭壁，左边是长着小柳树的低洼岸边。在一个地方，有一个很深的小河湾，很适合停船，岸上还有很多干枯的浮木。奥罗奇人开始搭帐篷，我沿着河岸向森林走了一段。我在干涸支流的岸边看到了被原住民称为黑水鸡的鸟。这种鸟一般都单独行动，它白天躲在灌木丛中，只有在黄昏前才会到开阔的地方活动。这是一种胆小且不擅于飞行的鸟，羽毛是浅灰色，嘴巴为黄色，爪子很大，这种鸟走路时会缩着身子，向前伸着脖子。我一不小心吓到了这只鸟，它笨拙地飞走了，飞行时翅膀和腿的动作很不协调，让人很难相信，它们是怎样才能在春秋完成长途迁徙飞行的。

吃过晚饭后，我们都早早地回到了自己的帐篷。我也爬进了自己的蚊帐，打起了瞌睡。我在凌晨四点左右醒了，我不想叫醒同伴，也不想起来穿衣服，所以我一直耐着性子躺在睡铺上，想着我们走过的路程，并思索着下一步行程的路线。

突然，整个帐篷都亮了起来，好像是打了个闪电，一两分钟后，森林里响起了隆隆声，有点像雷声或远处的炮声。我掀开帐篷幔帘，向外看去。

地面上还是漆黑一片，但在东边的地平线上，天看起来似乎已经开始蒙蒙亮了。几颗亮点的星星在河面的上空闪烁，两棵高雪松也一动不动地矗立在对岸，似乎在留心听着扰人清梦的怪声。又过了一小会儿，外面又恢复了寂静，只能听到旁边的帐篷里的呼噜声。宿营地的火堆也差不多烧尽了，只剩下一堆木灰还在冒着烟。露水已经打湿了帐篷的幔帘。

到底是什么闪了一下？也许真的是闪电和打雷，也许是陨石坠落。我非常后悔，没在打闪之后立即用秒表计时。如果计了时，就可能确定声源离宿营地有多远。

浑身感觉越来越冷了，我赶紧起来，生了一个火堆。半小时后，穆林卡醒了。他也听到了雷声，还说很快就会有雷雨。我们的说话声吵醒了其他人。

天亮了，我们也上了路。

阿纽伊河所有的大型支流都在中游，基本分布是：右侧是迪米河和戈比利河，左侧是波迪河和托马逊河。波迪河不大，在地图上看，波迪河和自己的支流塔里基河形成了一个类似于数字“4”的图形。我们在波迪河逆行四天，再步行两天就能到达通往霍尔河的山口。

塔里基山谷里有一个火灾遗迹，有很多麋鹿在此栖息。

戈比利河比波迪河大一些，沿着锡霍特－阿林山脉流淌，从东北方向与之形成夹角。山谷中蕴藏着各种各样的带有一些黑色夹层的变质岩，还混杂着一些透着铁锈红、蓝色、黄色和绿色的石英岩脉。在戈比利河的源头和河口之间的半路上有三个瀑布，这三个瀑布离阿纽伊河更近些，就在阿纽伊河的上方。戈比利河右边所有的支流都流入宏格力河，左边所有的支流都流向注入图姆宁河的胡图河流域。位于第二条和第三条瀑布之间的第一条左支流被乌德盖人称为“张戈－瓦力尼”，意思是“张戈走过的、流向山口的河”。这个名字从1908年一直沿用至今。当时，我和我的五个同伴去了布塔河，在那里发生了意外。我们没带武器，食物也吃光了，非常艰难地到了胡图河，如果不是偶然碰上奥罗奇人，我们当时很可能会被饿死在那儿。

我们没有在戈比利河过多停留，而是继续前行，在8月1日下午到了托马逊河。在这里，我们在一个大石滩上发现了两户乌德盖人家。不知是什么原因，卡隆迪加部族的所有男人都去了阿穆尔河，只有妇女和儿童留在家中。其中有一位七十多岁的老妇人，尽管她年事已高，但她仍然腿脚灵便，耳聪目明。从她的做事风格来看，她在妇女中很有威望。老妇人向陪同我们的奥罗奇人询问了我们时怎么到这儿来的，以及科皮河的奥罗奇人的生活状况。

同伴们准备晚餐，我去了离营地比较近的、以前被火烧过的山岗，想从山顶看看托马逊河。连续下雨导致河水上涨，已经漫过了岸边，加之浑浊的河水流到阿纽伊河，把水流都挤到了对岸。

托马逊河（乌德盖人称为“顿马苏河”）和戈比利河差不多长，其流向与阿纽伊河的流向呈现为一个锐角，纬度几乎相同。右边有三条小支流汇入，即通恰河、亚拉河和西秋卡河，而左边只有一条芒戈尼河汇入。

在阿纽伊河的所有支流中，托马逊河的流速最快，只有到了旱季，才能在托马逊河中逆流航行。其水位一旦略高于正常水位，由此产生的激流和瀑布就会导致船只无法航行。逆流上行需要九天，通往索拉河的山口不是很高，人们宁愿把船拖过山口，也不愿意过了山口再做一条新船。从托马逊河到索拉河，妇女抱着孩子得走上一天，但男人背着背囊一天就能走三个来回。

尽管这条河很有魅力，但无奈洪水拦路，我们无法前往托马逊河。

我脚下的这座山丘，大约十年前曾长过一大片针叶混交林。山火过后，林中不少被火烧过的树木的树干还连着树根，不过大部分树干都已经掉落到了地上。这里的野生猕猴桃树，或是缠在枯木上，或是搭着灌木，长成了一片。我经过时，好几次都得用刀割开缠在脚上的蔓藤。野生猕猴桃味道鲜美、多汁，俄罗斯人都叫它无籽葡萄。

野生猕猴桃叶子的颜色也很有趣。绿色的叶子几乎都变成了白色、淡粉色和紫色。可能是这种隐藏在叶子下的白色、不起眼的“花”起到了引诱昆虫的作用，野蜂从远处看到粉红色和白色的亮点时，会误以为是花，而飞到跟前时，才能再次根据气味找到真正的花。

从灌木丛走出来后，我又进了一个茂密的森林，停下来休息一下。突然，我看到一只小动物，呈黑褐色，毛色发亮，尾巴也是深色的，非常蓬松。头尖脖子长，脖子以下到腹部有点偏绿的黄色。我马上认出这是一只松貂。它顺着枯木朝我斜向走来，动作有猫科动物的特点，步态很优雅。松貂没看到我，表现得很从容。我正要仔细打量，但很快就被它发觉了，它立刻停下了脚步，然后小心翼翼地趴下，紧紧地靠着木墩。树皮上长着的黄绿色苔藓，和松貂身体的颜色很相似，要是我之前没看见这只松貂，它从树边经过时我都不会发现。松貂目不转睛地盯着我，我绝对不想错过观察这只优雅动物的机会，便欣赏了它几分钟，也许松貂以为我没有看到它，所以安静了下来。我想验证一下我的想法，便动了动手，它没动，我又走了一步，松貂紧靠着树也没动。我的脚不小心碰到了一根细长的树枝，树枝的末端正好就连在松貂靠着的树上。松貂受到惊吓，以惊人的速度爬上了一棵很高的雪松树。之后无论我再怎么努力去找，都没找到这只跑掉的松貂，也许树上有个洞，它躲到洞里去了。

半小时后，我回到了乌德盖人搭好的帐篷附近。我的同伴们都已经吃过了午饭，都在等我回来。

和奥罗奇人商量后，我们打算再顺着阿纽伊河下行去康达赫地区，在那里停留几天。希望在这段时间里洪水能退去，之后再沿着托尔马逊河往上走，不过这么决定就得多储备些食物。除此之外，还要为奥罗奇人加一些衣物，他们的衣服都已经穿破了，可后面的路还很长，甚至会走得更艰难，况且康达赫地区又是无人区。

## VIII. 大洪水

在托马逊河和康达赫地区之间，实际上更靠近康达赫地区一些，在阿纽伊河右岸的高地上，有一座废弃的房子，乌德盖人称为“多克”。我决定靠岸去废弃的房子看看，让队中的另一条船继续前进，去下面某个地方扎营。奥罗奇人很灵巧地把船头一挑，用撑杆撑了大约二十米后，停靠在一个很高的陡岸边。靠岸后，奥罗奇人拿出烟斗抽起了烟，我沿着长满草的小路，去了废弃的房子那边。

房子是用修理得很平整的木头建成的，房角也修葺得很整齐，斜形屋顶上钉的是木板，窗檐刻着雕饰。房子盖在河边，正面朝河。房子的正向有三个窗户，左侧也有一个窗户，右侧开门。大部分窗框上还残留着玻璃，天花板和地板也都修得严丝合缝。进门的右边是个铁炉子，炉子后面放着一张大木床。

有些东西还摆在架子上，有的已经散落在了地上。

感觉原来的主人走得很匆忙，有点像是逃命的样子。

通过细节观察，看得出这个房子是中国人盖的。房子刚被遗弃不久，应该就在去年，周围已经长了很多草。房子的主人是卡亚隆迪加部落的乌德盖人马哈，他花了 800 卢布雇了中国人给他盖了这座房子。但马哈在这个房子里并没有住多久。

马哈刚安顿下来的头几天，附近就开始发生了一些怪事，比如，刚要熄灯躺下睡觉，就能听见房子周围有人走动的声音，炉筒里还会传来叹息声，有声音从森林里传来，还有人吹口哨。

这都说明，马哈盖房子的时候没选对地方，他开始后悔自己花了冤枉钱。秋天出现了更多不好的兆头，马哈盖房子的岸边一直都很牢固，从来没被洪水冲塌，多年来一直都完好无损，但突然无缘无故地就塌了。马哈开始犯嘀咕，总是唠叨着开春河水化冻后要把房子挪走或卖掉。但哪有人会买这种不吉利的房子？随后冬天里发生的两件事，最终决定了新房子注定会被废弃的命运。秋天马哈买了一匹马，但马饲料备得不多。马饿了，他去河边放马，好不容易把马赶到积雪覆盖的冰面时，马却掉到河里淹死了，马哈自己也好不容易才从冰窟窿里爬上来。

发生的第二件事更糟心。马哈的大儿子是一个二十二岁的小伙子，叫嘉玛。有一次，嘉玛和两个同伴去打猎，他们在刚下过雪的地上发现了一只猞猁的脚印，便开始追赶猞猁。猞猁为了躲避追赶，爬上了一棵很高的枯云杉树，这棵树长在岩石上，岩石的石尖露在雪堆外面。他们开枪打死了猞猁，但猞猁不但没掉到地上，还卡在了树杈上。想要拿到猎物，只能砍树，或者爬到树上取下来。嘉玛决定上树去拿被打中的猞猁，爬上去后，就在快够到猎物时，他踩着的树杈突然断了。嘉玛从树上掉了下来，结结实实地摔在树下的岩石上。双腿、两根肋骨还有脊椎都被摔断了，才过半小时，嘉玛就死了。最后还是同伴们把他的尸体抬回了家。

在儿子下葬后的第二天，马哈就收拾好金银细软，驾着雪橇永远地离开了这个被诅咒的地方，搬到了普恩奇地区一个树皮盖的老房子里，我就是在那里遇到了马哈一家人。

我在马哈废弃的房子里转了一圈就出来了。看到房子就这样被遗弃，有点可惜。也许是因为偏见或无知，人们对未知的或不可预知的事物会产生恐惧感，并赶紧逃走。关于房子被遗弃的历史总是有很多神秘的说法，随着时间的推移，关于房子不吉利的传说（房子越大，传说越吓人）或许会消失，也或许会越传越广。

转眼就到了晚上，天空灰蒙蒙的，可能要下雨。原始森林里很安静，天上的云被风吹散了，乌云翻滚涌向了东北方，似乎想用雨水来发泄愤怒——不知道这些云是中了什么邪，还是承受咆哮的大地犯了什么错。这时，寂静的森林被一声唳叫打破，起初我以为是猫头鹰，后来才知道是小苍鹭的叫声。开始掉雨点了，下起了小雨，得赶紧回宿营地。走在小路上，我差点踩到一只大蟾蜍（癞蛤蟆）。它蹲在地上，伸着一只前爪，就像叉着腰的样子，在黄昏时分从地里爬出来，正享受雨水，顺便捉点虫子吃。

奥罗奇人撑船离开岸边，我们沿着阿纽伊河继续划行。天色越来越暗，船只划了几桨，废弃房子就消失在转弯处。

8 月 2 日，格奥卡和胡图卡两个人划着一条小船向阿纽伊河出发了，他们是去阿穆尔河买些必备品，之后还要尽快赶回来。这时又变了天，雨下个不停，让我们什么工作也做不了。在等他们回来的那几天，我们留在阿纽伊河右岸一个叫康达赫的地方，借宿在乌德盖人英希·阿姆连科的一个木屋里。木屋旁边有一个高架谷仓和一个树皮搭建的毡房，虽然乌德盖人现在住的都是设施完善的俄式或中式房子，但毡房始终是他们难以割舍的传统建筑。

英希·阿姆连科的家人有他的妻子、妻妹、已婚的儿子同希、两个半大的孩子和一个年龄不太大的养女，这个小女孩是英希从亲戚那儿收养的。

英希六十岁左右，个子很高，干瘦，颧骨微突，典型的鹰钩鼻，留的胡子不多，一看就知道他来自南部。询问后得知，他真的来自南部，英希出生在乌苏里地区的南部。他的父母去世后，他被人抓去抵债当免费劳工。后来他逃了出来，决定去北方，路上走了很长时间，要么是沿着海岸漂泊，要么就是躲在山崖里，连睡觉的时候都不敢生火，岸边冲上来什么他就吃什么，他吃过小螃蟹、海胆、贝壳、岸边的鸟蛋等。一个月后，他终于逃到了科皮河，在拜巴里支流附近定居下来，后来还在这里结了婚。科皮河伐木业兴起时，他搬到阿纽伊河的康达赫地区生活了大约十年。

英希是阿纽伊河地区公认的最厉害的萨满法师。做法事时，他会穿上萨满袍，头戴萨满帽，摇着桦树皮做的手鼓，手鼓上装饰着各种红色和黑色的动物图案。

他跟中国人学会了种田。在他家附近，我们见到了一个小菜园，里面种着土豆、烟草、辣椒和白菜。不过这个菜园也给英希惹了不少麻烦，因为有很多野猪在附近游荡，经常会冲进菜园。

同希在菜园附近挖了陷阱，还逮过一只怀孕的母野猪，后来生了不少小野猪。小野猪活泼好动，很可爱，浑身浅红色带点黑色条纹。小野猪很缠人，总爱往房子里钻，这也给妇女们带来不少麻烦，她们总得不停地把小野猪往院子里赶。

不光是野猪，熊和老虎也经常来房子附近转悠。有一次，八岁和十岁左右的两个男孩去打松鸡。在离家大约一百五十步的地方有一条老干渠。男孩们去了那里。他们刚下到渠沟，就突然撞上了一只老虎，老虎用黄绿色的眼睛瞪着他们。见状，大点的男孩抬手就朝老虎开了一枪，老虎摇着头跑了。

趁着不下雨的时候，我们去郊游了，有时去的地方离我们住的地方很远很远。

8 月 10 日的早晨是个阴天，但随后有了放晴的迹象。大家都已经在一个地方待腻了，所以太阳一出来，卡尔达科夫就拿着相机，到阿纽伊河的对岸拍植物去了，我则去了河谷，打算在那儿转转。

我穿过一大片树种繁多的森林，这里有落叶松、鱼鳞松、臭松、海松、西伯利亚白杨、水曲柳、紫椴、蒙古栎、山榆和黑桦。还有山槐，这种小树的树干是黄色的，木心是红褐色的。

山槐木质很硬，斧头都砍不动。外皮为棕色，长着中等大小的椭圆形革质叶子，叶子背面呈微白色。之所以这么介绍，是想让读者对这种以著名探险家马克命名的树有一些具体的画面感。

在山槐的附近长着一棵胡桃楸，这种植物与核桃同属，也是乌苏里边疆区最漂亮的树种之一。大大的叶子分布在树枝的两端，坚果包在厚厚的带有尖锐突起的青皮里，胡桃木也有很高的经济价值。

到处都能见到一种树干为浅灰色、木质比较软的树，俄罗斯人称之为“天鹅绒树”，皱纹状的软树皮包裹着亮黄色的树干，叶子在外观上有点像柳树或花楸树，春天这种树最晚变绿。在阿纽伊河附近，能闻到一种散发出特别刺鼻味道的黑色浆果。

在石堆的阳面是成片或单株生长的楤木，这是一种带刺的、长着足有一米长的羽状叶的棕榈状植物。树干可达三到五米高，上面长满了又大又尖的刺，叶子中间有个白黄色的大花序。楤木已经开过花了，树籽就快要落地了。

但阿纽伊河河谷中最漂亮的植物要数山葡萄。山葡萄的枝藤爬得到处都是，叶子下面开满了淡粉色的花。表面上看不出，是什么支撑着它不断向阳光生长，如果地方不够用，它就会爬向邻近的植物，依附在枝条上，或者长长地垂悬生长。葡萄粒已经开始成熟，泛着淡淡的蓝色。

我一直绕着倒木走，绕来绕去的时候碰巧遇到一种有毒的白色藜芦，叶子皱在一起生长，叶片为弧形。还有一种全球分布很广的蕨类植物，叶子很像鹰翅膀的欧洲蕨，以及和欧洲品种没有任何区别的铃兰。还有很多其他的开花植物，我都叫不上名字。我没过多停留，继续往前走。

到了八月，原始森林就会有很多黑褐色的蜘蛛，有的蜘蛛很大，光是腹部就有两戈比硬币那么大，腿展开后跟火柴盒差不多。蜘蛛在两棵树之间结网，天气好时趴在蛛网中间，天气不好就会躲到树叶下面。在原始森林里行走时，总会遇到这些基本不伤人的慢性子的家伙。脸上、手上和衣服总会黏到蛛丝，很烦人。白天蜘蛛在蛛网上一动不动，就像睡着了一样；但如果碰一下蛛网，它就会稍微动一下腿。如果是天敌，它就逃跑；如果是昆虫，它就会发起攻击。轮子状的蛛网一般会被很大的三角形撑着，蛛丝很结实，有点像蚕丝，要很费力才能扯断。

我一直走的是小路，离英希·阿姆连科的房子越远，路就越不好走。忽然我发现有一条横在小路上的细线，怕是踩到捕兽夹，于是我停下来四处察看一番。

很快就搞清了状况：那根头发丝粗细的线实际上是一根五米左右长的蜘蛛丝，我在旁边几米远的地方看见了蜘蛛，它正一动不动地趴在等边八角形的蛛网中间。蛛网的下面有一个很深的水坑，坑里的水很清澈。我拿起一根树枝，碰了碰蜘蛛，它动了一下，之后就一动不动了。然后我轻轻捅了捅它的腹部，蜘蛛就像掉下来一样快速下落，尾丝挂着蛛网，我用树枝扯断了它的尾丝，蜘蛛掉进了水里。让我很惊讶的是，这个家伙不但能在水底爬，还在水里躲起来了。

我知道蜘蛛肯定得呼吸，所以我决定继续看看它在水里能憋多长时间。

五分钟过去了，十分钟又过去了，蜘蛛还在水里，好像它天生就习惯待在水里。我打算再用树枝戳戳它，突然蜘蛛像一个木塞一样浮上了水面，蹬着腿，就像划船桨一样，游向了岸边。不一会儿，蜘蛛就逃出了水坑，朝一株很高的白芷爬去。它爬到白芷顶部后，趴在伞形的白芷种子上，之后开始顺着风的方向吐丝，过了一会儿，它开始轻轻拉动蛛丝，蜘蛛从白芷顶部跳了下来，悬空荡着，越荡越高，不一会儿，蜘蛛就又荡回了我把它捅落水的那张蛛网上。

通过对这只蜘蛛的观察，我发现了三件很有趣的事：第一是蜘蛛能很长时间地待在水里；第二是蜘蛛可以改变体重，在水中随意下沉和上浮；第三是蜘蛛在结网的过程中，对风向的把握及附近的植物定位都很准确。

我没再继续骚扰这只蜘蛛，而是绕过了蜘蛛网，然后往山坡的方向走去。

顺着山坡向下流淌的雨水，汇集成了很多溪流，溪水向下奔流，仿佛急着要与洪水汇合。河床上和干涸的支流的水量也变得很充沛，森林里也漫了很多水。

大片的积云在空中飘动，挡住了太阳，云移动得很快……我有点累了，便坐在枯木上，用衬衫的袖子擦了几次脸上的汗。

终于到了山顶，呈现在我眼前的是一片阴沉的景色。东南部的天空都被云遮住了，在我的正前方，能看到阿纽伊河河谷的边界，河谷的后面是另一个山脊，再往后是一些很高的山冈。山冈的轮廓已经消失在漫天的雨幕中。阿纽伊河、波迪河和托马逊河源头上空就更看不到了，那里肯定也正在下大雨。

这一切都预示着，我们在康达赫地区会被耽搁很长时间。唯一的希望是天气能转晴，然后等托马逊河的水位下降后，我们就能顺利地前往霍尔河。

这时又飘来一片大云遮住了太阳。天空变得更阴了，又下起了小雨。我赶紧回宿营地，下午三点才到达，而且全身都湿透了。

晚上下的才是真正的暴雨。强风刮断了树枝，小房子都被吹倒了。呼啸的雨水拍打着窗户，能听到雨水从屋顶淌下来的声音。聊天的原住民也停了下来，一声不吭地去睡觉了。

此情此景，当人意识到自己在强大的自然面前无能为力时，就会心理失衡，之后越来越严重，东方人管这种情况叫“失心疯”。伴着这些想法，我睡着了。

第二天一大早，我就被同伴们惊慌失措的声音给吵醒了。我能听出他们很慌张地在扛东西、扔东西，急急忙忙……

我匆匆穿上衣服，来到屋外。一见到涌进来的水，就知道发生了什么事，屋外已经是一片汪洋。

浑浊的黄水正快速地朝我们这儿涌过来，迅速扩散到了四周，大大小小的洼地都被淹了，暴雨刮掉的树枝和各种垃圾都漂在水中。大家赶紧把船拖走，把船桨、撑杆以及其他任何会被水冲走的东西都收走。不一会儿，河汊左岸就全都被淹没了。虽然右岸地势稍高，但排水渠都已经灌满了水。水漫得到处都是，把森林也淹了。只有一小部分，也就是地势最高的地方，以“小岛”的形式“脱颖而出”。到了晚上，水已经快要淹到我们营地所在的“小岛”上了。夜里“小岛”会不会被彻底淹没？每个人都忐忑不安、忧心忡忡，从大家脸上的神情就能看出来。

阿纽伊河的场景更加恐怖，就像一头发狂的野兽，巨大的黄色水浪一路狂奔，让人眼花缭乱。河水卷着大树，河底的泥沙被树枝搅起，就连岩石也被卷了进来。河水裹着岩石泛起了泡沫并发出了轰隆隆的低响。

我们所在的这条支流，平时很平缓也很安静，但现在变得和阿纽伊河一样恐怖。水中的漩涡，一会儿出现，一会儿又突然消失。我们所在的“小岛”挺过了夜晚，但天亮后又会怎样呢？

我睡不着，一直惦念着被安置在托马逊河附近石滩上的妇女和儿童。他们现在是否安全？可怕的洪水肯定也会淹到她们那儿，她们住的毡屋也可能会被冲走。

原住民习惯把船停在离住处很远的地方，夜里发洪水就有可能把船冲走。那些妇女和儿童的船肯定也会被洪水冲走，连接浅滩和岸边的已经干涸的水渠也瞬间有可能被淹没，这就会阻断妇女和儿童的逃生之路——水这么急，她们根本无法到达托马逊河。要是走水浅的地方，绕来绕去至少需要十个小时。但现在已经来不及了，而且走浅水区没有意义。只能寄希望于逃生的人群中上了年纪的妇女能机灵些，在洪水来之前，就已经把船拖到了她们住的地方。我还很担心去阿纽伊河河口帮忙的奥罗奇人。因为船上蚊子多，所以他们很可能会睡在岸边的鹅卵石上，突如其来的大水也会把他们的船冲走。

我一直惦念他们，无法入睡。凌晨两点，我穿上衣服来到河边。

我们在傍晚放置的水位尺显示，水流的速度虽然没有那么快，但水位还在一直上涨。再有 5 厘米，就会淹上我们住的“小岛”。

森林的后方，一轮满月挂在天边，月光洒落在树上，给奔流的洪水镀上了一层银光。夜空无云，清澈得像被雨水洗过一样，木星闪烁着耀眼的光芒。天空祥和宁静，大地却一片浩劫。

从阿纽伊河的方向传来了可怕的咆哮声，还伴着树木不断倒下的轰隆声，有一些百年树龄的大树被洪水连根拔起，还有一些树木被洪水中的浮木撞倒。

突然，传来一阵很吓人的巨响，有点像雷声或远处传来的炮声，原来是某处发生了山体滑坡。

我沿着岸边走了一会儿，然后又回到了放水位尺的位置。水位尺此时显示的水位和刚才一样。也就是说，虽然洪水已经逼近我们住的“小岛”了，但水位已经停止上涨了。

奥罗奇人常说：“有两样东西最可怕——水和火。”水灾和火灾所经、所在之处都会“一干二净”。水火无情，话虽简单，却很有生活哲理。

突然，有个黑影划过月空，原来是一只大猫头鹰飞过，咕咕叫着落在附近的一棵树上。我再次确认水位没上涨后，回了帐篷，立刻就睡着了。

洪水使我们在康达赫地区耽搁了十八天。这些天一直在下雨，河水时涨时落。洪水退去的希望很渺茫，而且储备的食物也快吃光了，所以我决定顺着阿纽伊河往下走，打算经过加西湖去皮赫查河。

8 月 19 日中午，格奥卡和胡图卡终于回来了，一起回来的还有他们在路上救的两个乌德盖人：蒂姆卡部族的米奥努和亚隆迪加部族的果布里。他们这段时间和我们住在“小岛”上。原来，他们是在阿纽伊河下游遇到洪水时碰上的，之后结伴同行。有一天，天快亮了，格奥卡在睡梦中听到了声响，他在蚊帐里看到河上漂流的一棵杨树挂到了小船，把小船刮走了。格奥卡毫不犹豫地冲出蚊帐，跳到水里，抓住了小船。他的呼喊声惊醒了睡在船上的米奥努和果布里。要是格奥卡再晚几秒，船就会被冲走，睡在船上的两个人肯定会丧生。他们四个人一起非常艰难地逆流而上，有时走被水淹了的森林，有时又绕进新形成的支流。他们在到达康达赫之前，把在阿穆尔河买的食物都吃光了。见到我们时，他们已经疲惫不堪，饥肠辘辘，全身湿透，得让他们好好休息一下。

探险队现在新加入两个乌德盖人。米奥努是一个大约三十六岁的矮个男人。虽然体格弱，但他对皮赫察河、穆亨河和年普图河流域非常熟悉。从肤色、鼻子的形状、眼神和嘴角来看，和原住民比起来米奥努长得更像是印第安人。与印第安人不同的是，他很爱说话，一直给我们讲他在山上的所见所闻，以及他经历的各种怪事，还说到了各种野兽、飞禽和一直甩不掉的“邪灵”，他被“邪灵”逼地经常搬家。他总是烟不离手，做事前都爱猛吸上两口。

另一个乌德盖人果布里中等身材，体格很好，四十八岁左右。他是典型的满族人脸形，颧骨微凸，弓形鼻，皱纹很深，与其说是岁月的痕迹，不如说是苦命的经历所致。据原住民讲，他是一个很努力也很勤奋的人，但不管是在家还是出去打猎，好像厄运专门盯着他。有一年冬天，他和妻子还有孩子全都病倒了，差点被饿死、冻死。

还有一次，在皮赫察河附近出现了两只老虎，不但抢走了果布里刚猎回的野猪，他还被老虎追得跑到了霍尔河。第三次是在一个很冷的大风天，他掉进了一个冰窟窿里，跑回家时差点被冻死。果布里与他的同伴相反，不太爱说，更不愿提及自己饱经沧桑的经历。

到目前为止，我们在康达赫地区遇到了四个萨满法师：奥罗奇人胡图卡，乌德盖人米奥努和格奥卡，还有英希·阿姆连科。

第二天是星期六，我们做动身前的准备，把船做了修补，并做了新的撑杆。黄昏前不久，男人们宰了一头小野猪，把猪血接到一个盆里。妇女们往猪血里加上杜香叶，拿到火上去烤干，同希用弯刀把柳树条削成长条形的刨花片。我问他做这些东西是干什么用的，他回答说这个东西叫“卡乌普杰里亚尼”，是给四个萨满法师晚上做法事用的。果然，天黑后，最年长的妇女拿来一个做成鸟形的铁炉子。她把炭火倒进炉子里，之后把炉子放在屋子中间。另一位妇女从桦树箱子里拿出一个手鼓，在火上把鼓皮烤热，还时不时用鼓槌敲敲，看看鼓皮有没有绷紧，听听敲击后的声音响不响。一切准备就绪后，果布里把一些干的杜香叶子扔进火炉，立刻满屋都飘着冲鼻子香气的烟雾。

第一个做法事的是胡图卡。他头上戴着长刨花片做的环形头饰，腰上扎着腰带，腰带上挂着锥形金属管和铃铛，一只手拿着手鼓，另一只手拿着鼓槌。手鼓是椭圆形的，直径有一米长；鼓槌略为弯曲，上面包裹着水獭皮，手柄上刻着一个熊头。胡图卡站在火炉前，沉默了一会儿，闭着眼睛，似乎在汇集意念。所有在场的人都是两个人为一组席地而坐。

过了一两分钟，在一片寂静中，我听到一些微弱的声音。胡图卡闭着嘴连续地哼着长调，他渐渐提高嗓门，呼唤“邪王”给他的法事助阵。他哼的调子很低沉也很单调。渐渐地，他活跃起来，双脚交替跳着，随后铃铛发出的声响附和着萨满法师哼的调子。他一会儿浑身颤抖，一会儿踮着脚尖站着，一会儿又跪在地上，脸上的表情很不自然，说话语无伦次，祈求神灵帮他：“巴达——巴——昂奇——黛姆——尕尼（没有具体形态的黛姆鸟）。”他的祈求好像成功了，因为他的声音变得更坚定、更平稳。差不多有三十多分钟，胡图卡一直都处于这种恍惚的状态中。渐渐地，他压低了音调，哼得很慢，变成了含糊不清的嘟囔。他还是闭着嘴拉长了一两个声调，声调之后逐渐消失，最后长叹一口气结束了。胡图卡放下手鼓，摘下铃铛，然后他躺到了床铺上，之后就一直没起身。

第二个做法事的是米奥努。他也戴着长刨花片做的环形头饰，拿着手鼓站在火炉前。他把长螺旋形的刨花片搭在背上，起初他哼的调子声音很小，后来逐渐变强。调子中好像在抱怨什么，抗议什么。他好像又在向“邪王”控诉什么，听听“邪王”的指示，这些指示仿佛能从远处传来。米奥努开始扭动身体，走了一步，又走了一步，耸了耸肩，开始舞动。他的动作很流畅、很自信，声音不太大，也不会突然跳动。他绕着火炉转了一圈，又站回最开始站的地方。他哼着调子，他没像胡图卡那样哭泣或乞求，而是很坚定地说服“邪王”。但就在米奥努的法事快结束时，米奥努没能立即顺利地从“邪王”那儿回神。“邪王”明显很固执，不想立刻离开米奥努的肉身。米奥努喊了两次“诶——诶——”，最后一次“诶”是高声喊出来的，然后降了一个八音度。米奥努费了很长时间才让“邪王”从自己的肉身出窍，花的时间不比做法少。米奥努用手推了几下纠缠的“邪王”，最终“邪王”才走了。米奥努松了一口气，非常疲惫地把手鼓放在地上，解下挂着铃铛的腰带，躺到了床铺上。

现在轮到格奥卡了，他做法事和其他人不同。他脱掉了一件衣服，然后和其他人一样，戴着刨花头饰，手里拿着手鼓。格奥卡低声念起咒语，而后语速越来越快，声音也越来越大。他呜咽着，牙关咬紧，偶尔用鼓槌敲一下装着炭火的炉子。他抖着腿，越抖越快，用手很灵活地敲着鼓。之后抖动全身，腰带上的挂铃发出的簌簌声越来越响，变得震耳欲聋。当“邪王”“入鞘”那一刻，格奥卡变得很激动，就像经受着抽搐的阵痛。他的身体突然变得异常灵活，像蛇一样扭动着身体，满脸是汗，抽搐的动作变成了痉挛，最后变成手舞足蹈。他的身子越蹲越低，再突然站起来，每当他要特别用力敲手鼓的时候，就会喊“哎，哎，哎，哎嗨”。他一下跳过火炉，用力敲打手鼓，以至于在场的人都很担心手鼓被他敲破了。格奥卡原地打着哆嗦，发出像狼一样的嚎叫——声音的确很像狼叫。

具体的样子想想高烧引起的抽搐就能知道了。他到处乱窜，嘴里喊着“啊——歇——哆——哆——哆——哆”，格奥卡在命令“邪王”，向它索要着什么东西，而且不接受任何反驳。法事突然中断了。见此情景，格奥卡立刻和“邪王”各自回魂，他只是轻轻地推开“邪王”，从它身边走过。格奥卡脱掉法袍，然后喝了一瓢水，躺在米奥努和胡图卡身边。

最后一个上场的是英希。他穿着特制的法袍，袖子上缝着羽毛，看起来像个翅膀，头上戴一顶镶着小鹿角的铁帽。老人穿的胸甲很特别，上面画着蜥蜴和青蛙图案，脸上戴着面罩，面罩上缝着萨满法眼，法眼是用五颜六色的布条缝制的。有了这些布法眼，英希能看到凡人看不到的东西。他的头上、背后的辫子上、腰带上都挂着椎骨，穿的鞋上也有刨花片做的装饰。英希坐在一张特制的“苏克塔”垫子上，上面画着两个深不见底的黑圈。他把脸贴在手鼓上，开始呼唤“邪王”。法师敲鼓的手法恰到好处，鼓声一会儿大，一会儿小。当“邪王”迅速进入英希身体时，他的叫声很大。强烈的冲击让老人出现了短暂的昏迷。他摇晃着全身，向后甩着头，发出疯狂的哀号。人群中的一个妇女搀起他，拿着桦树皮做的扇子给他的脸扇风。一两分钟后，英希苏醒了过来，眯着眼看着四周。然后果布里拿着一条绣着“库里卡塞”大蛇图案的长布带，把布带的一头绑在英希的腰带上，自己则拉着布带的另一头。如果法师太激动，就会跑到阴间去，再也回不来了，绑上布带就能把萨满法师拉住。英希忽然一跃而起，之后疯狂地跳起舞来。

手鼓震耳欲聋的节拍、金属铃铛的叮当声和萨满法师歇斯底里的喊叫混杂在一起，杂乱无章、一团糟，让我头晕目眩。

英希已经彻底发狂了。他对“邪王”大喊大叫，他用恐怖的样子和吓人的声音来恐吓它，让它臣服，随后英希发出的声音变得更加让人毛骨悚然。谁都不知道一个发狂的人能干出什么！英希像一只发狂的老虎，和“邪王”争论着，争吵着，打着架。英希把木炭含在嘴里，向左右两边喷着火花，代表闪电；而刺耳的击鼓声代表雷声。果布里把一碗血送到英希的嘴边，他一口气喝光，像一头受伤的野兽一样再次跳起了舞。让人很感叹的是，一个老人这次做法得耗费多少精力。他快速奔跑着，好像在追赶着谁，嘴里大喊着：“我看不到大地，星星从我身边飞过，周围充满寒冷和黑暗。”然后，米奥怒和胡图卡赶紧过去帮果布里，他们一起奋力拖住拼命奔向阴间深渊的英希法师。英希奋力挣脱，拖着他们冲到了屋外。

我也跟了出去。

天上出现了下弦月。月亮刚刚开始上升，就被从西边飘来的云给挡住了。水面映着两颗闪烁的星星，即双子座的 α 星和 β 星。

没有月光，所以森林里漆黑一片。远处有几道闪电划过，针叶林的轮廓瞬间被清晰地勾勒了出来。

这时，一只大夜行鸟从我们头上飞过，从原始森林深处吹来的风里夹杂着沉重的叹息声，又像是怒吼声，那是熊嗅到附近有人类出现时发出的声音。周围的狗，有的狂吠起来，有的悲声哀号着。英希突然大叫一声，又不省人事了。“邪王”很快离开了英希的肉身，跟进入肉身的时候一样快，法事结束了。大约五分钟后，同希和果布里把老人扶进了屋子。英希的腿脚都站不稳了，浑身都被汗水湿透了。这场法事过后，英希需要休息。他一直躺在炕上，直到第二天早上还没休息好。

妇女们把地上的桦树皮垫子和火炉收好，摆上矮腿饭桌，端上做好的鱼和猪肉。

总之，四个萨满法师都做完了法事，每个人的方法各有不同。先从法力最低的法师开始，法力最强的法师收尾。胡图卡很依赖“邪王”，对它是恳求；米奥努是争取自己的权利并坚持让“邪王”完成自己的请求；格奥卡则是要求“邪王”臣服自己，对它发号施令；最后英希认为“邪王”是自己的属下，不但对它大吼大叫而且恐吓它，最后还能把它驱走。

# IX. 处女林

8 月 21 日，我们告别了英希·阿姆连科，沿着阿纽伊河继续下行。

天很冷，冷风呼啸。空中飘着铅灰色的云，下了两次小雨。树开始落叶，大地开始上冻，毛皮类动物开始长出厚毛，水开始结冰的季节就快到了。

过了托尔马逊河之后，阿纽伊河河谷变得更开阔，河水从这里开始分出多条支流。布恩奇河、阿格茹河、比拉河和洪卡河等几条支流非常宽阔，而且延伸得很远。

因为水流湍急，我们只能小心翼翼地观察前方的水面，在河的转弯处更要格外小心。为了绕过阿纽伊河危险的河段，有时我们得顺水划行，转进小支流，再从被洪水淹没的林中划过，最后再回到阿纽伊河安全的河段继续下行。有的地方撑杆插不到河底，用船桨也划不动船，碰到这种情况，奥罗奇人会把鱼叉插进树干，然后用手拉着鱼叉让船移动。这种方法很危险，掌舵人很容易往后仰，不仅容易跌进水里，还会把船弄翻，船上的人自然也会跟着遭殃。

我们在路上还遇到了熊。有一次，一只熊刚刚游过河，正往岸上爬。我们从它身后经过，但我只看到了熊的头和肩。奥罗奇人开枪打伤了熊，但因为匆匆赶路，没机会停船上岸去追受伤的熊。还有一次，突如其来的大水从邻近的支流冲出一棵大树，被冲出的大树上趴着一只小熊和一只母熊。从远处看到我们后，母熊吓得想跳到水里游上岸。恰巧此时水把大树冲到了对岸。母熊和它的幼崽跳上了浅滩，顺利逃进了森林。

阿纽伊河河谷也被洪水破坏得很吓人。我们随处都能看到动物的浮尸，原住民被冲毁的毡房，连根拔起的树木，树上还缠着灌木和一些小树、混着沙子的淤泥等。所有乌德盖人都逃到河口去了。他们之前的驻地，现在已经是洪水肆虐，新出现很多浮木堆积的河汊子。

阿纽伊河鱼类资源丰富。沿着阿穆尔河逆流而上的大部分鲑类鱼群，会进入阿穆尔河右边各条支流中，主鱼群则会游往乌苏里江，但据原住民说，最大的大马哈鱼会在阿纽伊河出现。我们的确在阿纽伊河捕到过重达 15 公斤的大马哈鱼。阿纽伊河下游的鱼类主要有，达氏鳇、鲟鱼、红鳍鲌、鲢鱼、狗鱼、鳗鱼和鲤鱼。原住民认为，阿纽伊河有些地方冬天不结冰的原因是鱼太多。在这个问题上，他们混淆了原因和结果，冬天自然会有鱼出现在不结冰的地方，但是河水冬天不结冰并不是因为鱼多，而是有其他原因。

中午时分，我们经过了乌列玛河，1908 年我在这儿打老虎的时候就记住了这个地方。在树林里的不大的空地上，有一个我在一棵大树上刻的天文坐标。我让奥罗奇人在岸边停靠，格奥卡很灵巧地把船头一甩，停到岸边。奥罗奇人打算抽根烟休息休息，我下了船，带着米奥努和果布里两个人一起进了森林。二十年来，这里发生了很多变化。幼林已经长成挺拔的大树，还有新长出的灌木丛和新出现的河汊……

在森林空地走了大约十分钟后，我看到了刻着坐标的树。那是一棵钻天柳，要是找不到合适的白杨树，原住民就会用这种树来凿船。“钻天柳”在日语中是指朝鲜。“这种树比杨树更原始，是介于杨属与柳属之间的过渡类型。”

这棵“天文”树有十二米高，树干直径超过一米。上面的坐标完好，但是因为树皮生长，坐标比刚刻的时候小了一点。树干两边非常对称地长着两个多孔菌，像两个烛台。奥罗奇人看了这棵树后告诉我，这棵树的树心已经空了，活不了多久了。我围着这棵树转了一圈，心里默默地和它做着最后的告别，然后回到了船上。

在回船的路上，我们决定抄近道去河边。走了大约不到百步，我看到了差不多有十只乌鸦。乌鸦落在树枝上，哑哑地叫着。果布里看过之后说，肯定是有什么东西把乌鸦吸引到这儿，而且这个“东西”就在附近。米奥努又补充说，这里现在还有乌鸦很害怕的某种鸟兽，乌鸦在等它离开。我们放慢了脚步，开始仔细察看四周。突然，一个长着棕红色羽毛的庞大身影，展翅飞向了空中。我立即认出了那是一只白尾雕。它飞起来的地方离我们很近，所以我能看清楚它的样子。

白尾雕头、颈羽的颜色比体羽的颜色浅，黄色大爪子上的黑爪尖儿很锋利，喙也是黄色，很大，从侧面看，嘴型为下弯钩形，典型的猛禽喙，我不会认错。白尾雕主要以鱼为食，但偶尔也会捕食像麝鹿那样大小的四足动物。

这只受惊的猛禽矫健地飞向天空，朝河的方向飞去。

我停下脚步，目送它飞走，而乌德盖人继续往前走。

“江尕（马鹿）。”我听到米奥卡说。

“英卡（是的）。”果布里回答。

我穿过灌木丛，看到地上果然有一只幼马鹿的尸体，一看就是刚被淹死的马鹿。

马鹿的头和左前腿沾满了淤泥，右腹部被啄破了，部分内脏被拉了出来。

白尾雕刚飞走，乌鸦就立刻从树上飞了起来，哑哑地叫着，在森林上空盘旋，它们可能是在担心我们把马鹿的尸体带走。

湿润的土地上除了有禽类的脚印，还有几个哺乳动物的脚印。原住民看着这些脚印，大声说出来过的动物，有黄鼬、狐狸和山狼。

这时，从河的方向传来叫我们赶紧回去的喊声。几分钟后，我们继续划着船走。

在乌列玛河的右下方有一条注入阿纽伊河的小河——瓦列库河。这是一条很短也很方便通往梅内姆河的通道，梅内姆河从河口不远处注入阿纽伊河。就这么说吧，开春的时候，阿纽伊河解冻得早。赫哲人在三月份猎捕黑貂回来的时候，为了不走满是浮冰的阿纽伊河，就会走瓦列库河，绕开解冻的阿纽伊河。这个过道小河有多小呢？小到乌德盖人用手拉着船就能过去。

在霍尔河（乌苏里河的一条下游支流）与从右侧流入阿穆尔河下游的西塔河、奥波拉河、年普图河、穆亨河和皮赫察河的上游之间，延伸着一座长长的褶皱山。褶皱山从阿纽伊河附近的洪卡山开始，先是向西南，再向西延伸，逐渐走低，一直连到基也河旁边的一排低山岗，山岗坡度非常平缓。这座山是霍尔山脉，虽然很高，但山脊却很平坦，有些地方的山谷非常狭窄，人站在山谷只能看到两边的斜坡，还有的地方看起来像是被森林覆盖着的开阔高原。霍尔山没有鞍状山脊和锥形山丘，这就可以证明它曾遭受过严重的侵蚀。

霍尔山脉的西麓在古代曾是河岸，过去的千百年间，在包括现在的皮赫察河、穆亨河和年普图河的支流等众多河流的冲击下，河岸不断延伸，逐渐形成了一大片沼泽。现今的加西湖、辛达湖和彼得罗巴甫洛夫湖都是这样形成的。

我们在洪卡山附近停留了一下。我打算去阿纽伊河以南逛逛，看看有没有开阔的、适合人们定居的地方。但后来我有了一个新的想法，就是沿着霍尔山脉的西坡走，直接去尼赫察河。晚上，米奥努和果布里给我画了一张路线图。按照路线图，我们应该向西南方向走，并在途中经过湫河、莫迪河、卡尔丹库河、布尕河、霍苏河和乌图河，其中湫河、莫迪河属于阿纽伊河水系，卡尔丹库河、布加河直接流入加西湖，霍苏河和乌图河是皮赫察河的右侧支流。只是我们剩下的食物不多了，这让我很困扰。尽管如此，我还是决定要去莫迪河，顺着莫迪河去阿纽伊河下游的赫哲人住的西拉村看看。

第二天，我们下了船，往山上走。

从阿纽伊河到年普图河地区两百多公里的范围内，长着大片的原始森林，这片森林一直还未被人类涉足，也从未发生过森林大火。这里生长着黄檗和海松。黄檗的树干高大，树皮为灰色，质地像天鹅绒般柔软，似乎在与苍劲的海松媲美。海松在山谷的阔叶林里成片生长，而黄檗更喜欢“独居”。在这片山区，海松的覆盖率达到了 50% ~ 70%。每次看到水曲柳的时候，我们就知道附近肯定会有河。但是让人奇怪的是，这里居然有一片水曲柳林，而且其中几棵长得还很粗壮。这里有被俄罗斯人称为“红树”的红豆杉，红豆杉是地球上第一批针叶树种样本。还有直径两抱粗的蒙古栎，这种树是上好的建筑用木材。有的树干是深黑色的，很粗大，有的树干是浅色的，很挺拔，树干有粗有细，树木有的单株生长，也有的成片生长，就像一个巨大的、一望无际的柱廊。有的树木已经有上百岁，有的“森林巨人”没经受住岁月的考验，轰然倒地而亡。白天阳光从树顶的缝隙照进来，晚上从缝隙中可以看到星空。风只能吹过树顶，所以林中的空气是静止的。空气中弥漫着芬芳，因此单凭气味就能知道附近有哪些树，是杨树、杉树，还是椴树。在潮湿的地方，能闻到泥土、蕨类植物和落叶的味道。森林里还有一些神秘的声音，“绿色海洋”般的树叶被风吹得一直晃动，树叶的声响越大，声音就越恐怖，树木可能是想用这种方式向野兽发出警告，吓走那些一直习惯在森林里游荡的家伙。

如果读者把原始森林的处女林想象成一片小树林，那就错了。

所谓的处女林通常隐没在灌木丛，其主要的代表植物是散发着芬芳的薄叶野茉莉，这种植物喜阴凉，旱地生长，它的叶子细长，有锯齿，种子为椭圆形大颗粒，很容易辨别。野茉莉旁边还长着很多的山梅花，山梅花的叶子和人参叶相似，伞形长叶柄上结着黑浆果状的果实。在野茉莉和山梅花附近还有丛生的榛子树。其叶子为矩圆形，叶子边缘有不规则的重锯齿，坚果每两到四粒包在一颗带毛刺的果苞里，要是拿在手里，会扎上很多小刺，不过这些小刺很容易拔掉。

树上和灌木丛中爬着藤生的狗枣猕猴桃，其绿色多汁的果实被当之无愧地视为乌苏里地区的最佳馈赠品。在狗枣猕猴桃旁边混生着五味子，五味子的叶子为杂色，浆果为红色。在光线充足的地方，还长着很多野葡萄。所有这些灌木类的、蔓生类的和高大的蕨类植物（鳞毛蕨、紫萁蕨、荚果蕨等）形成了非常茂密的丛林，以至于我们走进去之后，就都被这些丛林挡住了，只能互相呼喊才知道对方在哪儿。

这样的处女林里还栖息着种类繁多的动物：老虎、猞猁、熊、红狼、狐狸、貂、黄鼬、紫貂、狼獾、水獭、獾、马鹿和野狍。到处都能发现动物新留下的脚印。我们不止一次惊扰了在这里游荡的野猪群。野猪吵吵嚷嚷地钻进了森林里最茂密的地方，用很大声的呼哧声对我们的到来表示不满。

连绵不断的雨水过后，是连续的好天气。

8 月 23 日，天气晴朗温暖。天空中出现了一些绵羊云，白色的云朵在蔚蓝的天空从西向东缓缓飘动，之后很快就消失了。

有点闷热，我们背着行李时不时坐在地上休息一下。已经过了正午，这么闷热的天气让人感觉到昏昏欲睡。还有蠓虫特别烦人，它们不但往我们的嘴里、耳朵里飞，还迷眼睛。我们都一声不吭地坐着，用手绢擦着脸上的汗水。汗多到没空说话。突然，前面传来一阵干树枝的脆响。我伸手拿起枪，原来是一只大老虎，大老虎把我们吓得不轻，它自己也很害怕。老虎转身快速跑开，窜进了森林。这个满身条纹的家伙在跑的时候撞上了一棵枯树，老虎大叫着倒在了地上。格奥卡去察看后回来说，老虎没发现我们在这儿，是自己出来时突然撞上了我们。这让我们更得提高警惕了，不要以为在森林里没有动静就是安全的。

两天后，我们发现只走了七分之一的路程，但已经吃掉了三分之一的食物。遇到下雨还会耽搁一到两天。这种情况我们只能往西边去，沿着莫迪河走。在莫迪河河口附近，我们发现了一个赫哲人的村子，村子很小，只有四座房子，村民以打鱼和捕猎为生。这里的赫哲人已经接受了乌德盖人的生活方式，与阿穆尔河的赫哲人相比，生活方式已经有了明显的区别。我们在小村里休息了一下，买了两条船，坐着买来的两条船顺流而下，去了阿纽伊河的支流德兰河。

阿纽伊河在下游分成了很多支流。每次洪水过后，这些支流都会发生变化，有的变得更长或更短，有的堆满浮木，有的河床已经干涸。因此，我们在顺流而下的时候就要格外小心。在塔赫萨列地区下边不远的地方，奥罗奇人现了乌德盖人因躲避洪水而在这里建的一个临时住所。他们住在用桦树皮搭建的圆锥形毡房里，等洪水退了再回去。见到我们后，他们挥着手向我们呼喊。我们上了岸，在他们住的毡房附近低一点的位置搭了帐篷。男人、女人和孩子们立即围到我们的帐篷跟前。人群中有些人还是孩子的时候我就认识。现在他们都已经成年，并且娶妻生子。这些命运多舛、颠沛流离的人也有自己的诉求，他们要求政府不要被剥夺他们猎貂的权利。

我答应他们回到哈巴罗夫斯克会帮他们解决这件事，后来我也确实兑现了我的承诺。第二天我们就分开了，我们的船在湍急的水流中越走越远。成群的原住民站在岸边，挥着手和我们告别。我们也挥手回应他们，到了河湾的地方，才看不见他们热情的身影。

在德兰河，我们是逆流划行。好在当时刮的是顺风，奥罗奇人扬起帆，靠着右边的高岸，速度很快地逆流而上。高岸由几个被小山谷截断的低矮山丘组成，小山谷里流淌的泉水都快干枯了。到了黄昏，我们在加西湖附近的一片小橡树林里扎营。夜里很冷，我起来好几次去火边烤火。天亮后，我拿着小锅去河边打水。

云层遮住了东方升起的太阳，清晨的第一缕阳光破云而出。德兰河还是阴沉沉的，河岸灌木丛的黄叶都被露水压得低垂了，仿佛它们已经预感到无法阻挡的寒流就要来临，同时在惋惜夏天的离开。在一棵树上落着一只乌鸦，看到我之后哑哑地叫了两声，然后懒洋洋地沿着岸边飞走了。

坐长条梭形小船过加西湖是很冒险的事。我们必须在刮西北风之前抓紧时间出发。当太阳升起的时候，我们已经从露营的地方走出好远了。在湖道入口的右岸，有一个跟加西湖同名的小村庄。在这里，我从赫哲人口中得知，萨维奇教授在皮赫察河上遇到了危险，但没有人员伤亡。从这点看，人没事就是万幸。可是现在也出现了另一个让人忐忑的问题：给养站有没有补给？受到这个问题的困扰，我还是决定沿皮赫察河上行，希望在霍尔河的给养站能找到食物，然后穿过穆亨河上游，先去普图河，再去彼得罗巴甫洛夫湖。

赫哲人给我们提供了一些蔬菜，付给他们钱后，我们继续前进。大约在中午，我们进入了加西湖，其面积为25平方公里。从地图上看，加西湖看起来像一个沙漏，即两边宽，中间窄。除了皮赫察河，哈利小河及其支流卡尔丹库河和布尕河（上文已提及）也从东边流入湖中。湖的右岸是低矮的沙丘，沙丘之间是宽阔的沼泽谷地。左岸的水很浅，即使平底的船也无法靠岸。

整整一天我们都靠着湖的右侧走，到了黄昏，我们已经到了湖的最狭窄的部分。我们搭建宿营地的位置不是很好，因为附近缺少干柴，所以我们晚上挨了冻。但是从以前留下的火堆痕迹来看，这里是去皮赫察河的人经常过夜的地方。

当果布里把我叫醒时，天还很黑。他说在秋季，通常在日出时会起风，在中午前后风最大，到时候就不能在湖上划船了。一刻钟后，我们已经上了船，奋力地划着船。

湖面非常平静，就像是一个大圆盘，湖水映着星空。我环顾四周，漆黑的树影离我们越来越远，渐渐地淹没在夜色中。远处有火光在闪动，是我们另一条船上的人点了一根火柴。我能听到那条船上的说话声和整理船桨的声音。

东方泛起了鱼肚白，黎明前的微风轻抚水面。我们扬起了船帆，风渐渐大了起来，船也跑得更快了。我把自己裹在帐篷帆布里，端详着被晨雾笼罩的岸边。随着时间推移，天也越来越亮。地平线像被熊熊的火光照亮，云彩也跟着变成了紫红色和浅紫色。能看到远处巍峨的霍尔山，山谷中雾气蒸腾。成群的游禽飞在沼泽地上空，我一直盯着它们飞，最后这些鸟落在了山顶。这时，太阳露出了一点点，立即有一道刺眼的阳光顺着水面照向我们。夜已经过去了，晨雾也随之散去，我们看到了皮赫察河的河口。我们静静地坐在船上，看着加西湖湖面上闪烁的阳光。而米奥努正在调整船帆的绳子，他碰到了船桨，船桨掉到了船底，发出了声响。随即，一条很大的鱼跳出水面，接着是第二条、第三条…… 第十条。这些鱼想跳过船，头却撞在船舷上，结果又掉进了水里，但其中的两条成了我们船上的“乘客”。

“哎，哎，哎！”米奥努喊着，用手抓住了那两条鱼。

那两条掉落在我们船上的鱼，很长时间都无法平静下来。它们扭动着身子，张着嘴，晃动着尾巴。原住民把这种鱼称为马克寻鱼（穆松白鲑），还说这种鱼很难用网捕到。马克寻鱼的重量达 2.5 公斤，鱼身细长，浑身长满闪亮的银色大片鱼鳞。这种是被公认为所有鱼类中最机灵的鱼。当这种鱼见到捕捉它们的渔网时，就会迅速蹿出水面，纵身跃过渔网。也许，马克寻鱼以为我们的船是捕捉它们的渔网。但现在看来，它们也没有多机灵。这些鱼为了避开船，想纵身跃过小船，结果其中两条因此丧了命。

到了早上八点，我们已经进入了皮赫察河的河口。这里也发过洪水。湖边的沼泽地和河口岸边之间的地方都被洪水淹没了，这样一来我们就可以坐船进入皮赫察河，不用再弯弯曲曲地绕路进去，也在很大程度上缩短了划船的距离。

# X. 老虎河

皮赫察河下游流经的大片沼泽地里，长满了苔草和拂子茅。拂子茅混合着一人多高的芦苇，形成几平方公里的草丛。如果你站在水中的小丘、石头或漂浮物上，你可以看到风中的草浪，就像大海一样波澜起伏、壮阔无垠。

柳树（蒿柳）才开始长出不久，而且越来越多。柳树给河岸、小河湾、湖泊和没有出口的支流镶上了花边。在一些地方，还形成了茂密的树丛，要斧子开路才能穿过。

接近中午时，我们离开湖边有10多公里。沼泽被一片带有小土岗的平原所取代，小土岗只高出河面一点点。土岗上长着白杨树，因此可以根据白杨树确定土岗的位置。渐渐地，稀疏的白杨树变成了长在河两侧的树林。这里生长的白杨树树皮发白，从远处看可能会被人误以为是桦树。我根据白杨树一直飘动的叶子，判断出它不是桦树。白杨树越来越多，几乎已经占到了此地木本植物总数的80%。随着地势逐渐变高，小土岗的轮廓也更清晰，白杨林中开始出现橡木和日本桦树。草甸植被渐渐变少，混杂着落叶松的阔叶树种越来越多。

皮赫察河的河道蜿蜒曲折。河道总会出现大回环的河湾，有的地方都已经形成完整的圈河。所以我们沿着河床转了一整天，太阳有时在我们前面，有时在我们身后，有时在左侧。有时在右侧。傍晚，我们到达霍尔山脉的起点，但这根本不是我们期望见到的那一侧。

读者可能还记得，面包干从符拉迪沃斯托克运到给养站时已经变质，吃完后我们总是拉肚子。队伍里的奥罗奇人和所有的原住民一样，坚称生病是由“邪灵”入体折磨造成的。“邪灵”只能用巫术驱赶，有时格奥卡给胡图卡驱邪，有时胡图卡给格奥卡驱邪，有时两个人一起给纳穆卡驱邪。每次，在法师的授意下，穆林卡都会用软木雕刻一个“邪王”的形象，形状或是昆虫，或是青蛙，或是一条腿的人，或是双头蛇等。在做完萨满法事后，“邪王”都会被带出帐篷，粘在离宿营地很远的沙地的一根棍子上。奥罗奇人以为“邪王”已经被驱走，已经治好了生病的人。如果不见效，第二天，第三天，再做萨满法事，直到生病的人康复。等到奥罗奇人都睡了，卡尔达科夫就会去把那些刻着“邪王”的软木捡回来，装进自己的背囊，准备将来放到哈巴罗夫斯克博物馆。第二天早晨，奥罗奇人在河边没找到那些“邪王”，以为“邪灵”真的已经逃去了原始森林，也就没有那么担心了。

8 月 27 日星期六，格奥卡病倒了。米奥努自告奋勇地给他做法驱邪。他拿了两个木片，用一把弯刀削出薄片，每次都不削到木片底部，这样薄片缨子就都朝一个方向卷起。胡图卡让火堆烧得没那么旺，并用抹布盖上了萨满法师的头。这时，穆林卡带来了一个自制的展翅木黄蜂，翅膀用桦树皮做成，用野猪毛做成的腿和触角很形象也很精致。木黄蜂被绑在一根棍子上，棍子插在病人身边的地上。格奥卡背对着火堆躺下，闭着眼睛。米奥努再坐到他身边的地上，两只手各拿着一个刨花片，开始念咒语。他把刨花片在病人身上从头移动到脚，假装把病气都转移到木黄蜂上。这个过程持续了大约十分钟。突然，米奥努狂吼一声："哎——嗨——诶——诶——诶——"声音越来越大，音调越来越高。伴随着叫喊声，胡图卡还是像前几次那样拎起那只木黄蜂，放在水边的灌木丛中，穆林卡在靠近宿营地附近生起了一个大火堆。到了早上，木黄蜂又不见了！

第二天，当奥罗奇人往船上搬东西时，米奥努不小心把卡尔达科夫的背囊弄在地上，卡尔达科夫从岸边捡回来的"邪王"们都掉了出来。奥罗奇人和乌德盖人紧张得说不出话来，难怪他们一直生病！三个萨满法师一直尽心竭力地想把"邪王"从探险队里驱走，然而一个俄罗斯人却把驱走的"邪王"都捡了回来，还随身带着。这样的玩笑会导致队里的某个奥罗奇人死亡。他们坚决表示不会带着"邪王"继续赶路，让卡尔达科夫把这些"邪王"扔在岸边，所有人中米奥努的反对最强烈。我们劝了米奥努好长时间，他才最终做出让步。我们约定到了晚上他们再做一次萨满法事，把卡尔达科夫捡回"邪王"带来的病气都转移到另一个新的"邪王"模型上，我们不把新的"邪王"模型带走。奥罗奇人同意了，但要求休息一天，我们欣然同意。一整天，穆林卡和果布里都在制作那个新的"邪王"模型，用这个新模型把卡尔达科夫背囊里所有的“邪王”都收进来。

午夜时分，在宿营地，他们还是让火堆烧得不太旺，三个人开始依次做萨满法事。我离开帐篷向岸边走去。明亮的星星在天空中闪烁，夜里很冷。树林和灌木丛黑暗深邃，一动不动，仿佛这是另一个世界，未知且阴沉……露营地上隐约能看见帐篷，昏暗的火光照着帐篷，帐篷上映着米奥努的黑影。他挥舞着刨花片，嘴里喊着：“埃哈里——嘟——嘟！”他的声音沿河传得很远，吓坏了原始森林里的动物。这次，奥罗奇人把收了所有“邪王”的新模型带到了森林深处，很警惕地盯着卡尔达科夫。我们也履行诺言，不去扔新模型（上次的病根）的地方。

第二天是周日，阳光明媚，天气温暖。尽管我们从营地出发得很晚，但我们还是走了很远。

皮赫察河长约 65 公里，先是自东向西流，然后越来越向东北倾斜。其流程分为上、中、下三部分。正如我们所见，下游流经沼泽地，中游还有 12 公里。河道分出很多支流，支流河道又窄又弯，船都不能在里面打转，我们只能在岸上拖着船走。皮赫察河的源头是奥洛索河，奥洛索河流经到处都是乱石的山间，乱石的棱角都已经被流水和浮木磨平了。

我们在洪卡山附近的阿纽伊河见到了原始处女林。

住在阿穆尔河流域的原住民中，流传着一些关于皮赫察河附近很经常出没老虎的传言。在流域的上半部分，很多老虎经常袭击人。有一次，两个赫哲人去奥洛索河捕貂。沿着野兽踩出的小路走，两个人相隔十步。突然，一只大老虎袭击了其中的一个猎人。另一个猎人见状，赶紧逃跑，但他还是被老虎追上了，身负重伤。受伤的猎人在地上爬了很长时间，最终失血过多死了。1925 年，也发生过类似的情况。有一个猎人在路上发现了一只被老虎咬死的野猪。他不但没赶紧跑开，反而背上死野猪继续走。猎人背着野猪走了不到一里路，就被两只老虎袭击了。猎人把野猪扔到了地上，其中一只老虎掳走了猎人，另一只老虎叼走了野猪。第三次发生在 1926 年，达村的老赫哲人在皮赫察河上遇到了一只老虎。猎人想试探这头野兽的意图，便向空中开了一枪，吓人的老虎向前走了几步。老赫哲人深知如果老虎不主动攻击人就不能朝它开枪，想再吓唬老虎一次，于是朝天空开了第二枪。老虎猛地蹦了一下之后，像石雕一样站在冰面上一动不动。此刻老赫哲人小心地盯着野兽并扣动了扳机，老虎发出可怕的吼声，一个纵身跳到了木墩后边。在看到老虎走路时后腿和尾巴一直拖着地的样子，老赫哲人趁此时机，争分夺秒地逃离了这个危险的地方。

我们已经很接近皮赫察河的上游了。水流越来越快，几乎每一步都会遇到危险的急流。四周群山耸立，松林密布。奥罗奇人轮流用撑杆很艰难地逆流撑船。他们仔细盯着河底，想在划船时顺便用鱼叉捕些大鳟鱼和细鳞鲑鱼。

根据一些微小的特征——一块船板、水里泡湿的纸片、挂在灌木上的破布等，奥罗奇人确定萨维奇教授遇险的地方就在不远处——这比任何语言都更有说服力。在河对岸的一个拐弯的地方横放着一棵被锯掉了树顶的树。奥罗奇人察看后说，船就是在这里翻的，还准确地画了一张翻船的过程图。后来，当萨维奇教授告诉我他遭遇事故的经过之后，我发现奥罗奇人对翻船过程的分析中的任何细节都没搞错。我想立刻探查河底，但奥罗奇人有自己的方法。他们先观察了水深及水流的速度。天黑后，果布里和穆林卡开始沿着河寻找萨维奇教授翻船后落水的物品。他俩很晚才回来，找到的物品有一块防水布，一个搪瓷盘子，几小袋面粉，一支步枪，双筒望远镜，一个罗盘仪，一件药品包，一本用铅笔写着字的日记，子弹，以及一个装着钱的钱包。

萨维奇教授当时遇到了什么危险？他和队友从哈巴罗夫斯克沿着阿穆尔河顺流而下，到了年普图河和穆亨河注入的辛达湖，又沿着年普图河和穆亨河到了这两条河的源头，考察了霍尔山脉分水岭的整个西坡。之后他转移到加西湖，开始沿着皮赫察河上行。在此期间，他们遇上了连雨天，河里的水也开始迅速上涨。尽管如此，萨维奇教授也没退却，他带着赫哲人向导在水位每天都在上涨的河里慢慢地逆流而上。快到萨格纳瀑布的时候，他们在皮赫察河遭遇了洪水——就是把我们耽搁在阿纽伊河两个半星期的那场洪水。萨维奇教授决定不惜一切代价也要到达皮赫察河的源头。尽管天气很不好，但他们还是到达了预定的地点，并为我们安排了一个补给点。在这之后他们想去霍尔河，结果却遭遇了这场意外，船上的所有物品都被冲走了，他们几乎失去知觉，当漂到了离翻船位置四十米的浮木堆时被卡住了。他们非常艰难地沿着皮赫察河的左岸步行，三天后他们在原始森林中意外发现了一艘被赫哲人遗弃的旧船。他们用木头削成的木钉把船修好了，洪水退去后，他们顺流到了加西湖。这次遇险之后，萨维奇教授只好结束工作，返回哈巴罗夫斯克。况且已经是深秋了，寒流也要来了。他已经按计划完成了所有任务，所有的补给点也都建好了，为我们从阿纽伊河到霍尔河，从霍尔河到穆亨河，再到哈巴罗夫斯克的考察提供了便利。

就在萨维奇教授翻船地点的左上方有一个萨格纳瀑布。瀑布源自一条地下河，大量的地下水涌向地表。浅红色的岩石、绿色的植被、清澈的河水、白色的浪花，加之阳光照射水雾形成的彩虹，画面异常壮观。

在这里，我们找到了补给点，食物保存完好，没有变质。奥罗奇人也不生病了，但他们认为不再生病要归功于昨晚他们把“邪王”驱逐，还把带着病气的新模型扔得很远。

短暂休息后，我们又坐船走了半天，然后从奥洛索河河口步行去霍尔山山口。在皮赫察河岸边有一条上行的小路。这条小路是被人踩出来的，小路上有很多地方长满了草，到处都是倒木。起初，这条小路沿着河的右岸延伸，发过洪水后，有的部分被洪水冲来的淤泥盖住了。再往下走，小路又通向左岸，一直往下走就能到达山口。这条小路弯弯曲曲，而且遇上倒木还得绕行。有三条小溪流过这条小路，这三条小溪源自右边的小山，小山上第四处水源是一个小泉眼，从这里可以进入山口。这段路走得很累人，河床上到处都是被苔藓和高草掩盖的石头；脚下经常打滑，还常常踩到水坑；上坡很长也很陡。在山口，有一个倒塌的中国小庙，在山口之外，小路经过一片稀疏地长着几棵落叶松的沼泽地。在霍尔河附近，小路到了尽头。这种小路只能冬天走，夏天很少有人走。

9月2日，我们到了索拉河的河口，索拉河从右侧注入霍尔河。展现在我们面前的是一大片被溶蚀的洼地，周围是被严重侵蚀的山丘。河的右侧是一片长满苔藓的沼泽，左侧是一片云杉和冷杉的混交林。我们所在的地方海拔很高。科皮河和萨马尔加河从这里向东流，阿纽伊河在此处的北方。通往托尔马逊河的路在索拉河沿岸，用手拉船就能过去的通道就在那边。我们在这里找到了另一个由霍尔山原住民安放的补给点，我们就在补给点附近露了营。

从一些迹象来看，附近肯定有人居住。因此，我让卡尔达科夫和奥罗奇人搭帐篷，我和果布里沿着霍尔河河岸找找附近有没有人家。野兽踩出的小路给我们提供了便利条件。小路通向河边，河边长着茂密的高秆河柳，过了河边后，小路就通往森林深处。在一棵老云杉附近，我见到一个用小树枝、树皮块和干针叶摞的蚂蚁窝。尽管现在是秋季并且天气也凉，但森林里的红蚂蚁依然非常活跃。这些蚂蚁在窝顶、地上和附近的树上到处爬。其中一只蚂蚁拖着一只比自己身体大两倍的蟋蟀；还有一只蚂蚁拖着一根小细枝，卡在路上动不了；第三只蚂蚁拖着一个白色的颗粒。还有几只蚂蚁围住了一只蜗牛，它们一起围攻蜗牛，虽然难免会相互干扰，但蜗牛很快就被蚂蚁们拖进了窝里。如果按照身体比例来看，蚂蚁是非常强壮的昆虫。

我从果布里手中接过一根木棍，用木棍轻轻碰了碰蚂蚁窝上的干树叶。顿时，从窝里跑出很多蚂蚁，它们惊慌失措，抬着头，龇着蚁齿。恐慌迅速蔓延到整个蚁群，甚至有蚂蚁向对岸跑去。这种六条腿小生物察觉到了危险，奋不顾身地做好了防御的姿势。

“阿——达——呆，吉黑，曼噶！（哎，哎，哎，这样不好，不要这样！）”果布里喊道，从我手中抢走了木棍。

我们继续往前走。路上，我开始问果布里为什么不让我碰蚂蚁窝。他是这样回答我的：

“普扎马马萨生在火中，即火的主人。在每一个蚂蚁窝里都有普扎阿扎尼，是蚂蚁的主人。不能用刀割火，不能往火里倒水，不能往火中吐口水，不能乱扔火把。同样的禁忌也不能对蚂蚁窝做，粗暴放肆对待蚂蚁的人，就会生病——烂眼睛，或是身上长疮。”

我们走到河边时，从灌木丛中窜出一只叫声和麻雀很像的翠鸟，鸟身不大，羽毛颜色鲜艳，在这里过着与世隔绝的隐秘生活。翠鸟在空中飞的时候，我看到翠鸟的背羽、尾羽和腋羽是蓝绿色的。

“尼——普扎——卡艾尼（萨满教的鸟，臣服于普扎神）。”果布里指了指翠鸟小声说道。翠鸟飞了一会儿，又落在了枝条上，晃动着和头极不协调的大嘴，似乎在听我们的脚步声。受惊的小鸟扑腾一声，彻底飞走了。

果布里给我讲，翠鸟也不能随意招惹，因为它是“普扎阿扎尼”的使者。据说，翠鸟要是飞走了，会把发生的一切都告诉“蚂蚁的主人”，“蚂蚁的主人”再报告给“火的主人”。“普扎马马萨”

会用很重的火伤来惩罚有罪的人。

在索拉河河口附近的浅滩上确实发现了一个毡房。就在两天前，毡房里的人沿着霍尔河顺流而下，迎头遇上一条鲑鱼，按常理这个季节这种鱼早都应该游去苏尔拜河了。查看了废弃的毡房，果布里断定乌德盖人在他们离开的当天杀了一只小驼鹿，把驼鹿肉带走了。

我们在这里也无事可做，就往宿营地方向走。回来时又遇见了之前的蚂蚁窝，果布里停下脚步，指着蚂蚁窝说："普扎阿扎尼已经离开了。"

我看了看蚂蚁堆，看到蚁堆被挖掉了一半，但附近并没有发现熊或其他动物的脚印。

晚饭后，果布里跟奥罗奇人讲了我把"普扎阿扎尼"赶出蚂蚁窝的过程。原来他们也有着相同的说法，只是在一些细节上和乌德盖人不同。他们称"蚂蚁的主人"为"伊克达阿扎尼"，人惹怒它就会得皮肤病，主要是会得皮癣。

## XI. 翻山、穿林、过沼泽

接下来的几天又下了雨。在霍尔河岸边，我们大家在靠着单坡搭建的帐篷里蜷缩了两天，生了很大一堆火，夜里必须要经常添柴。

已经是秋天了，叶子开始从树上飘落，早上出现了霜冻，路还很长。我们只有夏天的衣物，没预料到天会这么冷。此外，在停航之前，原住民还必须坐轮船回到苏维埃港。这让我很着急，9月5日，尽管下着雨，我们还是收了帐篷，开始往霍尔山上走。

东侧上山的路很长很陡。起初我们沿着一条无名小溪走，之后爬上斜坡，穿过几条散落石块的沟壑，水流声嘈杂，9月7日我们到了分水岭的山脊。到了这里之后，米奥努爬到一棵树上辨认方向。

第二天我们到了分水岭的主峰，森林里长着很多二百年至三百年树龄的老树，还有蒙古栎、海松、岳桦、小叶枫和紫椴。大多数树木都是矮粗的树干，还长着很大的木瘤。

这片森林中有许多动物。有的地方被野猪完全拱翻了，树上的橡果和松塔把它们成群结队地吸引到这里。

夜已经很深了，我们被耽搁在路上。幸运的是，果布里发现了一个很大的空心树桩，里面有很多水。虽然水有一股树脂味，是刚下过的雨积存下的雨水，但可以饮用。

第二天，我们动身去一个不知名的河谷。起点是一个风景如画的峡谷，峡谷沿着陡峭的山崖向下延伸，山崖上长满了混合阔叶林，树下还长着种类繁多的灌木，其中包括多刺的楤木、狗枣猕猴桃、五味子和野生葡萄。

从霍尔山主峰向西北方向延伸出一条长长的支脉，这条支脉也是麦卡河和内菲克采河之间的分水岭。支脉的峰顶上有一个很大的悬崖，当地居民都不敢靠近这个悬崖，因为悬崖上有“邪灵”。悬崖怎么会出现在顶峰？因为只有“邪灵”才能把悬崖推上去！悬崖名为安巴·珠戈德尼（“邪灵”的居住地）。还有人叫它卡扎木·珠戈德尼（山神卡扎木的居住地）或库蒂·马法·珠戈德尼（老虎窝）。这些可怕的野兽不管去了哪里，它们最终还会回到悬崖这里。在山顶的缝隙中，老虎有自己的巢穴，在那里孕育虎崽。据原住民说，有一个冬天，一个赫哲族猎人上了崖顶。到了崖顶之后，他看见一个黑色的人坐在石头上。赫哲人向他喊了一声。那人跳起来就跑了，立刻消失在石头缝里。如果不是“邪灵”，还会是谁？有月亮出现的夜里，“邪灵”的影子四处游荡，痛苦的呻吟、笑声和号叫声不绝于耳。任何去过麦卡河附近悬崖的人都会遭遇不幸或者生病。所有这些离奇的传说都激发了我的好奇心。我和卡尔达科夫决定到那里去看看，从霍尔河和皮赫察河的方向过去，鸟瞰这片山区。

当我向随行的原住民说出我的想法时，他们变得异常激动还很紧张，其中有四个人断然拒绝去那里。

他们说，他们的祖辈都没人敢去那里，他们就更不敢去了。还有的说，别说是到悬崖上面，就连悬崖边都不敢靠近。

整个晚上，乌德盖人都在互相讲着悬崖上各种可怕的事，悬崖让他们很畏惧。尽管如此，我还是成功说服了两个人——胡图卡和格奥卡，跟他们说悬崖上就是一堆石头，根本没那么可怕。但这俩人也一直追问我到底害怕不害怕，难道不担心我们所有人以后会发生坏事？从他们的眼神中可以看出，他们很想知道我内心真实的想法。

第二天我们出发了，乌德盖人有一点说得对，攀爬到悬崖上确实非常困难。在麦卡山脉南部，有很多坍塌的大石形成的岩堆，到处都是爬满藤条的断木。多刺的楤木和刺五加刮破了我们的衣服。我们的手也被刮伤了，膝盖上还扎了很多刺。被植被覆盖的石坑和乱七八糟的倒木几乎让我们寸步难行，胡图卡和格奥卡的心情很沮丧。

“难怪不能去悬崖附近呢！”他们大声表达了自己的想法，“在这种一个普通人难以进入甚至无法靠近的地方肯定有‘邪灵’！”

有好几次，格奥卡很想往空中开枪，想这样把“黑色的人”从悬崖上赶走。我费了好大劲儿才让他冷静下来，劝他没必要浪费子弹。我开始拿“邪灵”开玩笑，讥讽“邪灵”住的地方也不怎么样。胡图卡却一脸严肃地让我不能乱开玩笑。

“走路，好好走路，”他说，“好好走路就行，好不好？完全没必要说那些没用的话。”我只好不再开这样的玩笑了。

下午四点左右，我们到了悬崖边。眼前的景象非常壮观。高耸矗立着七根花岗石柱，石柱的形状都很奇怪：其中一个柱子看起来像个驼背的人，手扶在一只奇怪动物的头上；另一个柱子看起来像一个穿着长袍的老妇人；第三个像一只巨大的蟾蜍；第四个像一把插在地上的刀柄。当我们走近石柱时，有一头大野兽被吓跑了，然后我们又看到一只熊，熊见到我们也逃走了。

凛冽的西北风把悬崖上的所有棱角都吹得平滑了些许。这里的悬崖是典型的风蚀地貌，随着时间的流逝，不借助沙石，风本身就能把石头突出的部分吹得很光滑。也许下雪时的雪花也起到了某种助推作用。

庞然大物悄无声息地挺拔高耸，脚下乱七八糟地堆着石块，到处都是断木，森林里静得吓人，组成了一幅阴郁而狂野的画面。当一朵云掠过悬崖上方时，似乎云静止不动了，而悬崖在移动、倾斜，马上就要随着骇人的声响轰然倒地。

可能这些石头有某种特殊的张力，才会呈现出如此奇特的轮廓。自麦卡山上的悬崖问世以来，时过境迁、无坚不摧的岁月之手都未能动它分毫。它们迄今为止依然屹立不倒，仿佛肩负着某种凡人不曾知晓的特殊使命。

我突然觉得这儿的悬崖让我很压抑，一直有种感觉：我不想一个人在这儿，想远离人们，但要是和这些沉默的庞然大石待在一起，我会感到更孤独。此刻我想起了原住民讲过的：“不能靠悬崖太近。”

太阳移动的速度很快，就快落山了。西下的阳光照到了山顶，山谷中已经黑了下来，夜色在渐渐扩散，山区的大部分区域都已经越来越黑了。

虽然离午夜还有很长时间，但从光线和鸟的活动频率上看，已经能感觉到白天的消逝。我们绕着最大的悬崖走了一圈，看到石头中有很多缝隙，这些缝隙是老虎的窝。其中的一个虎窝看起来像个深井。到处都是老虎吃剩的动物骨头和皮毛碎片。

我们得赶紧下山，要不然就回不到宿营地了。

我们开始下山去山谷，但是夜幕降临比我们预计的要早，到了河边，胡图卡开了两枪，过了一会儿，我们听到了枪响的回声。

天空上还挂着晚霞的一抹余晖，而在地面上，森林里却越来越暗。天越黑，你的耳朵就越灵敏，能听见你在白天听不到的声音：压抑的叹息、深沉的低语和很多植物的沙沙声。

白天我们走得太累了，现在走路几乎拖不动自己的双腿。

森林似乎没有尽头。我正要坐在一棵倒下的树上休息一下，忽然看到了篝火的火光。几分钟后，我们已经坐在帐篷里，喝着热茶，和大家说着我们上悬崖后的情况。

将“邪灵悬崖”位置的高度，结合该地区的一些特征进行对比后，我们确定了我们的位置在内菲克采河的源头。第二天，我们的队伍到了一个两条河流交汇的河口。我们在这里发现了很多鱼。大约二十分钟后，奥罗奇人捕到了两条大哲罗鱼和大约十五条细鳞大鲑鱼。

途中果布里的后背让背囊磨破了，伤口感染后肿起了一个大鼓包。不能再让他背东西了，得把背的东西分给大家背。这让其他人感觉有点不是滋味，但实在也是没有别的办法。我建议果布里晚上热敷一下伤口，但被他拒绝了，而是让米奥努用萨满法事给他治病。他们说果布里之所以生病，是因为我擅自捅了蚂蚁窝。

我反问：“是我捅的蚂蚁窝，那为什么我自己没啥事儿？”米奥努回答说：“乌德盖人久居原始森林，害怕很多东西，而‘洛扎’（俄罗斯人）住在城市里，很少来原始森林，就算来了，待的时间也不长。此外，俄罗斯人不信萨满教，‘邪王’也懒得搭理俄罗斯人。”

根据我在 1908 年、1909 年、1926 年和 1927 年的观察，加之萨维奇教授的观察，大片的处女林从阿纽伊河开始，沿着皮赫察河、穆亨河和年普图河的源头向西南延伸，占地至少一百万公顷。山谷以混交林为主，由阔叶树种组成，在山坡上生长着很多针叶林，其中 50% ~ 70% 是雪松。

这里的原始森林相当美丽且壮观，早晨的霜降把原始森林变成了彩虹的颜色。猪耳菜已经变成了深紫色，和猪耳菜混生的榛子树也脱掉了自己绿色的外套，换成了棕色。枫树和野葡萄树的颜色最鲜艳，从这两种树上能看到从深红色到血红色再到淡紫色过渡的所有颜色。在河岸边长着很多山楂树，因为看到很多又大又透红的果实，我认出了这是山楂树，有的树上只剩下橘红色的果子，根本看不到叶子。紫椴树比其他树更早开始枯萎，树上一些最弱的树枝开始变黄了，不知受到了什么影响，整个树冠都变黄了。日本桦树低垂着细长的枝条，金黄色的叶子从树上落到地上。只有一棵橡树孤独地抵抗着秋天的寒冷，坚决不脱掉自己的“夏装”。

这里的灌木丛由种类繁多的灌木组成，而且非常茂密，人一走进去就立即会被淹没。

皮赫察河、穆亨河和年普图河的源头如今是野兽最常出没的地方。河边的沙滩和湿润的泥地上，到处都是野猪和老虎留下的痕迹。这里许多地方，都被马鹿踩踏过。我们每天都能遇到熊，它们咆哮着冲进密林，发出巨大的声音。

我们到了穆亨河的上游的时候，遇到一只正在嘶叫的马鹿。夜晚虽然晴朗，但很冷。明月当空，月光柔和地照亮了“大森林”。一群鹿在原始森林闲逛，它们的叫声引起了我们的注意。

有时其他动物也会靠近宿营地。奥罗奇人鸣枪把它们吓走，并把篝火燃尽的木灰撒在灌木丛里。

9 月 11 日，我们到了卡瓦河与内菲克采河的交汇处。从这里开始，就可以坐船继续走了。因为找不到胡杨树（霍尔山西北坡根本没有这种树），奥罗奇人只能用雪松凿了两条小船。用这种雪松凿出的船经不起长途跋涉，很快就会断裂，还好我们只需到年普图河。

每天下午，我和卡尔达科夫都会去不同的地方转转。这样一来就收集了很多考察素材，多到不能一一记录在册。

有一次，快到黄昏的时候，我拿着枪沿着野兽出没的一条老路走。走到离露营地差不多一公里的地方，在一棵紧靠岸边的大白蜡树前我停了下来。一条小溪从左侧流入内菲克采河。山谷的边缘被高高的峭壁隔断，峭壁有点像一颗人头，眯着眼睛，长着鹰钩鼻，头上戴着毛茸茸的帽子。

四周诡异而安静。仿佛是害怕什么，所有的生灵都躲了起来，个个都很警惕。

那个巨大的石人头也似乎微微侧着耳，聆听着森林令人窒息的寂静。突然，旁边传来一声巨响，吓得我一哆嗦，顺手就抄起了枪。原来是一只小马鹿，只见它像一股旋风，一掠而过。我只看到马鹿的头和耳朵，但没长角，尾巴附近有个白点。又有一只动物动作很快地往山坡方向跑，原来是一只黄鼠狼呼哧呼哧地从横倒在河上的浮木上跑过去。落在浮木上的鸟儿吓得飞了起来，发出惊慌的叫声。不一会儿，山坡又恢复了平静，鸟儿却久久无法平静下来。明显是某种野兽，也许是老虎袭击了马鹿，最终马鹿脱险了。马鹿在逃脱过程中发出很大的动静，从而吓到了其他动物。从表面上看，僻静的原始森林充满生机，但每天、每小时都在上演着血腥的悲剧。我屏住呼吸，双手握着枪走了几步，仔细地听了听。森林再次恢复了一片寂静。

太阳下落到地平线的位置，就像挂在参差不齐的云杉和冷杉的树顶上一样。树的影子在地上拉得很长。我把枪扛在肩上，在小路上走得很快，我想在天黑前回到宿营地。

9 月 14 日，两条小船已经做好。下午我们就出发了。

内菲克采河也到处是浮木，极大地干扰了我们的航行。我们只能时不时地停船，下到齐膝深甚至是齐腰深的水中把浮木挪开。

已经是深秋了，河水很凉，尤其是在早晨水更凉。几乎每划一步都能遇到浮木。大家都被河水冰得够呛，只能围着火堆取暖。奥罗奇人用斧头砍木头时，会发出很大的声响，声响顺带着把动物们也从河边轰走了。虽然一直赶，一直轰，但是我们还是能吃到新鲜的鹿肉，在沿着内菲克采河走的时候，我们一直都在吃鹿肉。

9 月 17 日，我们到了穆亨河，在阿尔奇河河口附近找到了一个给养站。我们又被阴雨天困在了原地。一直下了四天很冷的雨，我们就一直待在石滩上的帐篷里烤火。在这个季节，被雨淋湿比在冬天被冻伤更危险，很快就会患上胸膜炎或肺炎。我很担心原住民——我忠实的伙伴们生病。他们一直在雨中捕鱼、打猎、砍柴，能看出他们从小就对寒冷的天气习惯了。他们的忍耐力和对恶劣天气的满不在乎让我很惊讶。

终于在 9 月 21 日这天，雨停了。这些天，像深灰色的面纱一样的云在天空中一直一动不动，直到现在才开始动了动。云中出现了一些缝隙，缝隙中透出一点点蓝色的天空，第一缕阳光随之破茧而出。露出的阳光像探照灯一样照亮了被雨淋湿的大地和林中五光十色的叶子。

见太阳出来了，我们喜出望外，立刻把所有的行李都装上船，沿着穆亨河继续航行。在内菲克采河注入穆亨河后，穆亨河水面扩充到了平原上，也变得非常曲折。

植被也发生了很大变化。针阔叶混交林已经不再出现。在穆亨河岸边，除了橡树、椴树、桦树和白杨树，还大量生长着山荆子，结出很多的小果子，枝头都被血红色的果子压弯了。还有不少稠李，通过那些被熊折断耷拉到地上的树枝，在远处就能判断出是稠李。大部分稠李树的果子都掉落了，落在地上的果子也失去了原有的香气和味道。除此之外，也长着很多结出一串串红色浆果的树莓。背阴的南山坡长满了双色胡枝子，马鹿最喜欢吃这种灌木；胡枝子的叶子虽然小，却能存住大滴的露水，早上在胡枝子中只要走上几分钟就全身湿透了，就像刚蹚过一条很深的河一样。

为了追回因下雨耽搁的时间，我们决定日夜兼程赶路。

太阳落到森林后方时，根据天空的颜色和大气的总体状况确定，夜里会很冷。晚上六点左右，我们换了鞋，身上裹上所有能裹的东西——毯子、蚊帐和空布袋。现在我们的样子很奇怪：身上包着搭帐篷用的帆布，为了防止帆布滑落，还用绳子捆上了。

当深红的霞光在西方消失后，寒冷的死亡气息似乎向大地袭来，甚至要摧毁开在树上的最后一朵花。岸边伸到水面上的树杈，仿佛形成了一条隧道，隧道里灌满了黑色的、静止的、像沥青一样的水。

我们之中的一条小船稍稍落后了，我们继续往前走，想利用等他们的空当，打一只马鹿，马鹿听到桦树皮号角声就会出现。我们顺流而下，大家都不说话。漆黑的树影、黑色的水面和同样漆黑的河岸，都淹没在漆黑的夜色中，分不清船是在移动还是静止。我被冻得浑身发抖，恢复知觉时看到了水中星空的倒影。有一次我们还吓跑了一只熊，熊被吓得哇哇大叫着跑进了灌木丛。我打了瞌睡，醒后一直用帆布把自己裹得更紧，再接着打瞌睡，但还是一直浑身冷。天还没亮，我们就停在石滩边，生了一大堆火，大家围着火堆烤一阵，暖和了一些，又喝了些热水。

太阳升起来了，照着被寒流侵袭过的植被。石头、树丛和岸边的沙子都结了一层白霜。帐篷的帆布也被冻得翘了起来，我们把帆布用火烤干再继续前行，早上八点我们到了年普图河。

到了第二天，天气晴朗，阳光明媚。虽然太阳还像往常一样照耀着大地，但是地上一点也不暖和。

9 月 27 日，我们沿着年普图河向其右支流比亚克索拉河继续挺进。在这里，我们就完全不用坐船走了。这是我们现在的最后一条路线，穿过沼泽地，再上到高出地平线一点点的高地——哈巴罗夫斯克就在远处的高地上。

在我们露营的土岗上长满了五十年到一百年树龄的橡树。在河边，我被一棵灌木刮破了手，很疼。又长又尖的刺和红色的酸浆果（浆果个头耳钉般大小）让我确信碰到的是刺檗。

在另一个掉光了叶子的灌木丛中，我认出了一株野蔷薇。野蔷薇红色的球形小果子已经开始干枯。我日记的最后一条记录的是丛生在岸边的绣线菊。这里的绣线菊的茎上已经没有了漂亮的粉红色花朵，而是花儿谢了后剩下的黑色的绒球。

植物的生长期结束了——掉了叶子的灌木植物，只剩下杂乱的、光秃秃的枝条。让非专业人士很难理解的是，绿色的拂子茅已经变成了黄褐色，但依旧在风中摇曳，但再过几天，它们就会被大雪覆盖。

年普图河流经一大片广阔的沼泽，其蜿蜒程度不亚于皮赫察河和穆亨河。年普图河的河床会分出一些弓形河曲和没有出口的支流、小湖以及流进沼泽没有出口的河汊子。灌进河水的洼地不会立刻干涸，而且水位正在缓慢上涨，土壤腐殖质层也在渐渐地滋生，陆地慢慢变大，水域慢慢减少，干旱时水就更少了，但雨季时会再次出现。这里还有一些长着白杨树的土岗，土岗仅仅比河面稍高，如果不是上面长着树，从旁边经过根本就发现不了。在土岗上挖二十厘米左右的坑，就能挖出水。

经过这么长的路程，我们的力气也耗得差不多了，只要一想到要穿过泥泞的沼泽地，大家就会感觉很累。虽然背囊一天比一天轻，但是我们却感觉它越来越沉，而且背囊的背带还很勒肩膀。即使背囊里的东西轻得像花鼠皮一样，但依然让人感到很沉重。

有时我们会走麋鹿踩出的小路。麋鹿是大型动物，尽管体型很大，但它们似乎知道自己走沼泽地会陷进去，喜欢走那些不让自己陷进去的地方，它们可以本能地辨别出哪些地方能走，以免掉进“泥潭”。

到处都是跟小湖一般大小的大水洼，成群的大雁落在水洼里鸣叫。这里有很多这种警惕性很高的鸟，还有很多成群结队地飞过来。数不清个数的一群野鸭飞过沼泽地的上空，映着浅白的天空，飞行的野鸭看得很清楚。但当野鸭要下落时，顷刻间就看不到它们了，也搞不清楚它们是落到了水面上还是飞得更远。我好久没看到这么多水鸟了。

沼泽地本身就很美，而且物种丰富，但我们太累了，现在根本没有时间去仔细欣赏。

我们已经筋疲力尽，不是简单地想休息，而是只要见到土岗就想立刻放下背囊，躺倒在地上。

9 月 27 日，我们终于到了隔开彼得罗巴甫洛夫斯克湖与年普图河流域的山丘。在这片高地上有一条林间道，沿着这条小路就能通到阿纳斯塔斯耶夫卡村。

我们在这里遇到的第一个俄罗斯人是远东移民局的工区主任德维冈采夫。他发现远处有一些可疑的人，肩上背着背囊悄悄潜入森林，以为是走私犯在交易。很快一切都澄清了，我们互相紧紧地握了手。

我们从苏维埃港一路穿过森林，路上走过的都是软腐殖土、苔藓或树叶。但我们刚走上硬石子铺的路面时，就很不习惯——走习惯了软地，在硬地走的时候脚着地就会踩不实，容易摔倒。我的同伴中就有人摔伤了腿，因此在差三公里到达阿纳斯塔斯耶夫卡村的地方，天黑之前只能就地宿营了。第二天，我们拖着身子艰难地来到村里，在德维冈采夫那里我们找到了休息的地方，开始休息。9 月 30 日，我们路过沃尔孔斯科耶村，10 月 1 日到了哈巴罗夫斯克。

从苏维埃港到阿穆尔河的整条路线，全长1873公里，耗时106天。具体情况如下：背包徒步863公里，乘船1010公里，探险队翻越了5个分水岭。

我们的考察行程到此结束！

弗拉基米尔·克拉夫季耶维奇·阿尔谢尼耶夫

## * 后记——旅行家、学者、作家

1972 年是弗拉基米尔·克拉夫季耶维奇·阿尔谢尼耶夫一百周年诞辰。这位杰出的旅行家，俄罗斯远东地区自然、人口和生产力研究工作者的名字广为人知。

阿尔谢尼耶夫的著作《乌苏里边疆区游记》和《德尔苏·乌扎拉》尤其受欢迎。这两本书最初在符拉迪沃斯托克出版，立即引起了远东乃至远东以外地区人们的极大关注。作家米哈伊尔·米哈伊洛维奇·普里什文读过这些书后，把书寄给了当时住在索伦托的高尔基。高尔基给阿尔谢尼耶夫的回信中说："我非常荣幸地拜读了您的著作，极大的科学价值当然没得说，仅仅是作品的表现手法就让我读得饶有兴致、万分着迷。您成功地把布雷姆和费尼莫尔·库珀集于一身——这是我对您的赞誉。您对赫哲人的描写非常形象，对我来讲，您笔下的赫哲人比普通的《捕兽人》更鲜活、更艺术。我真诚地祝贺您……对需要了解自己国家的年轻人来说，真的是非常好的读物……"

从那时起，阿尔谢尼耶夫的书多次以俄文再版，翻译成俄罗斯各族人民的语言，并在国外出版。

阿尔谢尼耶夫于 1872 年 9 月 10 日出生在圣彼得堡的一个铁

路工人家庭。他从小就很痴迷于读书。起初，他最喜欢读历险类的书——儒勒·凡尔纳、路易·雅科利奥、古斯塔夫·埃马尔、梅恩·里德等人的作品，然后他又开始涉猎科技、自然方面的书籍。他津津有味地读了埃利泽·雷克吕斯的作品，查尔斯·达尔文在“小猎犬”号上的环球航行，普里热瓦尔斯基、波塔宁、罗博罗夫斯基、佩夫佐夫的旅行手记，等等。阿尔谢尼耶夫于1892年应征入伍，随后被送到圣彼得堡陆兵士官学校学习。该校的一名教师M.E.格鲁姆·格尔日麦罗是中亚地区研究者、地理学家。老师注意到这位有天分的年轻人，并根据他的兴趣，为他提供了关于西伯利亚、阿尔泰、帕米尔和突厥斯坦地理的书籍。阿尔谢尼耶夫对关于东西伯利亚的书籍最感兴趣，当时便萌生了投身于这片遥远土地进行研究的愿望。

1896年从军校毕业后，阿尔谢尼耶夫被派往波兰服役，但很快他就被调到了远东地区。多年以后阿尔谢尼耶夫曾写道：“我从少年时期就向往乌苏里边疆区，当时阅读了关于这一地区的所有文献。在我的愿望真正实现并来到远东地区的那一刻，我心潮澎湃，百感交集。” 1899年年末，阿尔谢尼耶夫来到了俄罗斯远东地区，并把自己后来的三十余年全部献给了对这一地区的研究。1900年，阿尔谢尼耶夫完成了第一次地理考察。他的考察线路从符拉迪沃斯托克的周边地区开始，范围逐渐扩大，一直延伸到穆拉维约夫-阿穆尔半岛的所有区域。第一次考察的结果就得到了高度评价，阿尔谢尼耶夫也因此次地理考察所取得的成就而被任命为边疆区军事狩猎队队长。这给了他对滨海边疆区进行系统研究的机会。但当时关于这一地区的材料不仅极其贫乏，也非常零散。1902 年至 1903 年，他在滨海边疆区南部的个别地区进行了多次考察，为沿途的地形地貌拍摄了很多照片。与此同时，他还对这一带的民族学内容进行了详细考察，搜集了很多该区域的植物和动物资料。有一些路线，除了当地的猎人和人参采集者，是从没有人涉足过的。

1902 年，在长途考察过程中，阿尔谢尼耶夫认识了当地的一个赫哲人（也称那乃人）——德尔苏·乌扎拉，这个经验丰富的猎人后来伴随阿尔谢尼耶夫完成了远东地区所有的地理考察。德尔苏·乌扎拉向他介绍了当地很多动物的习性、当地土著居民的生活习俗以及他们的宗教信仰，向他揭开了乌苏里边疆区原始森林的神秘面纱。同时，这个赫哲人也不止一次地救过他的性命，比如发生在兴凯湖的暴风雪、桑霍贝河河谷突发的森林火灾、穿越塔克马河时的遇险、艰难地蹚过库伦别河，以及许多其他情况。

阿尔谢尼耶夫在他的书中生动地讲述了这一切。让读者除了能感受到乌苏里原始森林过去和现在的美丽的原始自然风光，还能了解到每位旅行家在规划路线中不可避免的困难。

这些考察中收集到的素材成了阿尔谢尼耶夫在阿穆尔地区地理学会（现为俄罗斯地理学会滨海边疆区分会）的众多演讲内容的依据。之后，学会的领导提出了需要对整个滨海边疆区进行全面考察的想法。这项任务就委托给年轻且充满活力的研究员阿尔谢尼耶夫。

1906 年，阿尔谢尼耶夫组织了对锡霍特 – 阿林山脉的第一次大规模探险。探险队从流入乌苏里河和伊曼河的分水岭到达日本海沿岸，探索了所谓的后乌苏里地区。这次探险持续了 190 天，同时 10 次翻越锡霍特 – 阿林山脉的主峰。

次年，即 1907 年，阿尔谢尼耶夫继续对锡霍特 – 阿林山脉进行考察。这一次，他从日本海沿岸出发，4 次越过主峰，观察并描述了他遇到的山口、从锡霍特 – 阿林山脉西坡流入伊曼盆地和比金盆地，以及从东坡流进日本海的河流。这次探险历时 210 天，途中遭遇了寒冷的冬季。

1908 年，阿尔谢尼耶夫受俄罗斯地理学会委托开始了他的第三次大规模探险，这次是去滨海边疆区的北部。他考察了萨马尔加河、霍尔河、图姆宁河、阿纽伊河等流域地区，以及鞑靼海峡沿岸。这次探险历时 19 个月，于 1910 年的深冬结束。这次翻越锡霍特 – 阿林山脉主峰 7 次。

探险结束后，阿尔谢尼耶夫对收集的材料进行了认真梳理，并于 1912 年发表了具有重大价值的著作《1901—1911 年乌苏里边疆区军事地理概要》。

1911 年，阿尔谢尼耶夫再次在滨海边疆区的南部进行短途考察，收集他缺少的信息。在本次考察中，他主要关注该地区的原住民——奥罗奇人、乌德盖人、赫哲人的风土人情。此外，他还收集了有关可追溯到公元 7—8 世纪的古代遗迹（古代定居点和防御工事的废墟、边境城墙、旧道路、水坝等）的地理方面的有价值的材料。在第一次乌苏里边疆区研究大会上，他报告的主题包括对单个古迹的描述、草图、照片和测量，共计 228 个。

1912 年秋，他又进行了一次小规模探险。这一次，阿尔谢尼耶夫从符拉迪沃斯托克坐轮船向北出发，然后沿着海岸到了塔克马河，在深秋翻越锡霍特－阿林山脉，来到阿尔穆河边。沿着阿尔穆河下到伊曼河，最后沿着伊曼河走到铁路。

然而，阿尔谢尼耶夫的生活和创作之路在革命前并不容易。他为远东贡献了很多的力量、知识和精力，同时他还面临着当时的行政长官、将军 N. L. 关达基和其他有影响力的人物对他工作上进行的种种干涉和敌对态度。但无论如何，阿尔谢尼耶夫仍然坚定地继续工作，坚定了对该地区自然状况及其资源进行考察的信念。

自苏维埃政权建立的第一天起，阿尔谢尼耶夫就积极参与远东科学和教育机构的活动。1917 年至 1927 年，他是哈巴罗夫斯克和符拉迪沃斯托克地方历史博物馆馆长、远东少数民族事务委员会委员、远东师范学院地方史系和人种学系教授，在远东国立大学讲学，还在远东地区移民局、边疆规划局、远东海洋生物托拉斯和其他工业部门工作过。

尽管职务众多，但阿尔谢尼耶夫从没放弃他的探险活动。1917 年冬，他对哈巴罗夫斯克边疆区西北部进行考察。1918 年，他受滨海边疆区移民局委托，对堪察加半岛的河谷进行考察。在对堪察加半岛的考察中，阿尔谢尼耶夫收集了大量的关于半岛地理、火山活动、已灭绝动物（犀牛和猛犸象）遗骸的资料，也包括堪察加半岛的古代居民资料。在前往堪察加半岛的途中，阿尔谢尼耶夫到访日本（函馆港），在那里，他了解了北海道南部的古生物收藏品。1922 年，阿尔谢尼耶夫再次北上鄂霍次克海沿岸，对吉日加地区的经济、统计和捕鱼业进行调查。1923 年，他前往科曼多尔群岛，并再次前往堪察加半岛，登上了阿瓦恰火山。1926 年，他领导了一次穿越哈巴罗夫斯克边疆区的全面考察。同年，他还积极参加在哈巴罗夫斯克组织召开的第一届远东生产力研究会议。1927 年，他沿着苏维埃港－哈巴罗夫斯克路线进行了一次新的大考察，其任务是研究该地区的商业和农业的发展前景。

最后，在 1930 年，作为新铁路沿线地区经济调查局局长，他对该地区先后组织了四次大型探险。在原始森林中，阿尔谢尼耶夫因患上重症肺炎而病倒，在被送往符拉迪沃斯托克后病情加重，于 1930 年 9 月 4 日去世。

通过了解阿尔谢尼耶夫的探险成果，包括科学、教育、文学和社会活动，我们能够认识到他在研究远东自然历史条件方面的非凡功绩。同时，阿尔谢尼耶夫的兴趣也非常广泛，并不仅限于一门学科。阿尔谢尼耶夫创作了 62 部作品，包括纯学术性著作、科普性著作和文艺科普性作品。

到了 20 世纪初，关于远东的资料，尤其是关于滨海边疆区的资料，还停留在零碎、有争议甚至是假设的阶段，从开荒时期（17 世纪）到 19 世纪中叶，很少有人涉足。G.I. 涅韦尔斯基 (1849) 的探险为研究阿穆尔河沿岸地区和滨海边疆区起到了推动作用。19

世纪下半叶，L. I. 施伦克、M. I. 韦纽科夫、K. I. 马克西莫维奇、R. K. 马克、A. F. 布季谢夫、V. L. 科马洛夫、YA.S. 埃德尔施泰因等科学家在远东南部地区也进行了相关工作。他们收集和部分整理的材料成为科学文献的重要理论依据，但仅被一小部分专家所熟知。普里热瓦尔斯基对滨海边疆区南部各部分的自然状况进行了最完整的描述——这是一个资源极其丰富但同时充满神秘色彩的地区。而锡霍特 – 阿林山脉，用阿尔谢尼耶夫的比喻来说，仍然是一片“森林荒漠”，那里几乎没有人去过。在锡霍特 – 阿林山脉，只有奥罗奇人、乌德盖人和原始森林其他原住民的为数不多的定居点。

阿尔谢尼耶夫到了遥远的滨海地区，起初只能通过传闻和很少的文献资料来熟悉当地情况，可自打开始接触从未被涉足的处女原始森林，他很快就成为孜孜不倦的研究者。他是首位详细描述锡霍特 – 阿林山脉区地形、山脊和山峰的学者，共确认了 22 个山口，其中一些山口都是由他命名的，一些山口后来修建了公路和铁路。阿尔谢尼耶夫详细研究了锡霍特 – 阿林山脉附近的水系，确定了许多河流及其支流的长度、宽度、深度、流速和水文状况。

通过研究当地的河流，阿尔谢尼耶夫发现这些河流有很多和其他河流不同的特征，如水位上升速度快，洪水频繁，洪水后形成新的河床、新的堵塞等。

他还对日本海和鞑靼海峡的海岸带进行了详细的物理地质和地形描述，共详细描述了 14 个海湾。在对该地区海岸进行总体地理状况描述的同时，阿尔谢尼耶夫还会标出海岸上那些几乎无法通过的流沙或其他对人构成危险的障碍物的位置。

通过对自己的长期气象观测的分析，这位孜孜不倦的研究者对滨海地区进行了气候划区。对于每个气候区，除气候特征外，他还从农作物种植、猎人狩猎和渔民打鱼等角度给出了非常实用的建议和指导。

阿尔谢尼耶夫描述了滨海边疆区的知名矿泉，其中很多可用于药用。阿尔谢尼耶夫在考察期间还收集了有关该地区地质的材料，相关岩石样品被送到圣彼得堡的地质机构进行研究和处理。阿尔谢尼耶夫考察过的地区的表面结构的简要特征，时至今日仍然具有方志学意义。

阿尔谢尼耶夫虽然不是专业的植物学家和动物学家，但他对一些植物和动物的地理分布以及最重要的森林类型进行了细致的研究。因此，他第一次指出了红豆杉、赤杨、椴树、野生葡萄、胡桃和其他典型植物的生长特性和在北部地区的分布。他还指出了红狼、驼鹿、斑羚、老虎和其他一些动物的分布范围。他建立的群落带把锡霍特-阿林山脉的生物分为两个部分——南部（直到奥林匹克角）与兴安植物群，北部（阿穆尔河畔尼古拉耶夫斯克）与鄂霍次克植物群，被永久载入V. L.科马罗夫的以“阿尔谢尼耶夫的路线”为名的植物地理文学作品。值得一提的是，继V. L.科马罗夫当时的著作之后，阿尔谢尼耶夫充分地证实，很多有代表性的动植物群和植被覆盖类型的边界并不是严格按照纬度划分的，而是与土壤气候、地形和地质特征（这在锡霍特－阿林山脉上表现得特别明显）等因素有关。许多年后，地质植物学家、土壤学家，尤其是林学家，以此观点进行考察，重新界定了树种、森林类型、土壤类型乃至自然地理和植物地理的区域界限。

阿尔谢尼耶夫在他的每次探险中都非常关注民族学研究。他对滨海边疆区和阿穆尔河沿岸地区的乌德盖人、奥罗奇人、赫哲人等原住民的语言、习俗、迷信传说、宗教信仰、家庭和生活方式进行了专门的研究。

需要特别指出的是，在考察旅行中，阿尔谢尼耶夫收集了大量的民族学和人类学藏品，后来他将这些展品移交到了苏联科学院民族学研究所、莫斯科和圣彼得堡的艺术博物馆。还有许多展品保存在哈巴罗夫斯克和符拉迪沃斯托克的博物馆中。

在他的民族学研究中，阿尔谢尼耶夫特别关注奥罗奇人和乌德盖人。他学习他们的语言，记录他们的故事、传统、传说，研究和描述他们的家庭生活方式、宗教活动、营地生活和经济基础。他还出版了一本叫《森林中的乌德盖人》的书，他还是1928年拍摄的同名纪录片的顾问（这部电影的一些镜头生动地还原了本书内容）。著名的民族学家、教授L.YA.施特恩贝格指出，为民族研究做出的最大贡献要数“阿穆尔地区著名的旅行家和研究员阿尔谢尼耶夫”。

电影导演A.李特维诺夫曾饶有兴致地讲道：“在送电影拍摄组出发的时候，阿尔谢尼耶夫说‘现在就赶紧拍摄森林中的乌德盖人吧，乌德盖人的命运马上就会发生改变，过去的种种苦难很快就会成为历史，我们对民族学研究亏欠得太多’。”在阿尔谢尼耶夫的参与下，另一部短片《乌苏里江边的荒野》也在拍摄。阿尔谢尼耶夫找来了他的乌德盖人向导松察亚·格奥卡协助摄制组拍摄。

在对阿尔谢尼耶夫众多活动的简要回顾即将结束时，还有最后一个值得提及的地方，就是他的科学和艺术作品同样让他享誉全球。其中有四部作品包含的探险次数最多。前两部作品《乌苏里边疆区游记》和《德尔苏·乌扎拉》分别于1921年和1923年在符拉迪沃斯托克出版。这些作品是根据1902年、1906年和1907年的探险活动创作的。1925年，阿尔谢尼耶夫期望给俄罗斯读者提供关于滨海边疆区最易懂、最普及的书，于是他把两本书合二为一，删掉了一些专业术语，并以《在乌苏里的莽林中》为总标题出版。高尔基读的就是这个版本。他的书《在锡霍特–阿林山脉》专门介绍了他1908年至1910年的探险活动。而1927年的探险详情在《穿越原始森林》一书中进行了讲述。

不仅仅是高尔基为阿尔谢尼耶夫的书感到高兴，作家P. P .格涅季奇、植物学家V. L.科马罗夫、民族志学家L. YA.施特恩贝格、著名的挪威旅行家弗里乔夫·南森，以及许多其他著名作家和科学家在给阿尔谢尼耶夫的信中和他们发表的评论中都对阿尔谢尼耶夫的作品表示钦佩。普里什文和法捷耶夫丝毫没有掩饰阿尔谢尼耶夫的作品对他们作品的影响。

阿尔谢尼耶夫的生活、科学活动和创作很多都体现在专业课题、文章和书籍中。身为本书后记的作者，我有幸在1927年至1930年与阿尔谢尼耶夫相遇并一起工作过。所以在此，我想给读者补充介绍一下阿尔谢尼耶夫的外貌和性格特点。

阿尔谢尼耶夫中等身材，体形消瘦，但体格健壮。长方脸，五官棱角分明，尖鼻子，下巴略突出，深蓝色的眼睛，额头高耸。金色的头发总是梳理整齐，太阳穴和脑后的头发有一点点斑白。他步履轻盈，动作敏捷。他总是戴着一顶灰色或深灰色的帽子，边缘略微凸起。西装首选蓝色。在探险的时候，他喜欢戴一顶宽檐厚帽，身穿夹克，脚穿奥罗奇人的鹿皮鞋（温特靴），腿上缠着裹腿布。

阿尔谢尼耶夫是一个非常镇定、纪律严明的人，非常不喜欢无故迟到或拖延。同时，他在考察期间从容不迫，极为谨慎。在原始森林中，他穿过风折林或灌木丛时从不慌乱，穿过山间急流时始终小心谨慎。

黄昏前一个半到两个小时，阿尔谢尼耶夫会发出停止前进的信号，并亲自参与到营地选址、搭帐篷、布置篷内和捡干柴等活动。晚饭后，当其他队员在休息或补鞋、补衣服和睡觉时，他会坐在篝火边，从包里拿出日记本，用铅笔记下他所看到和听到的一切，然后在测绘板上纠正当天的路线。

当发现探险队队员起争执时，他会与队员沟通，无论是哪一方他都从不提高嗓门也从不呵斥，常常用半开玩笑半认真的方式让大家的争执平息。露营时，他会让大家好好休息，吃饱饭，还给大家端茶倒水。都吃饱喝足后，他才让大家继续上路。在探险的时候，他严格要求队员遵守纪律：翻山越岭的时候大家轮值打头走；不管路上有多口渴，都不能喝野外的生水。

说到不能随便喝野外的生水，我想起了发生在我身上的一件事。有一次，早饭时我吃了些咸鱼，途中路过河边或小溪时喝了几次生水，被阿尔谢尼耶夫发现了，他很严厉地警告我不能喝生水！可涉世未深的我又偷偷地喝了几次生水，碰巧又赶上爬山。在爬山的过程中，很快我就感到口干舌燥、累得不行，阿尔谢尼耶夫只好让全队停止前进，一边训斥我，一边让队友接过我的背包背上，让我不背行李地走。我不好意思到想找个地缝钻进去。身上不背行李走了一个半小时后，在我的再三恳求下，他才把背包还给我。对我来说这是铭记一生的教训。

阿尔谢尼耶夫讲课很灵活，不是单纯地在讲台上讲课，而是拿着一个教鞭在教室里走来走去，用他从野外带回来的展品解释或说明他的讲课内容。

我还依稀记得，阿尔谢尼耶夫的办公室在符拉迪沃斯托克他生前住过的房子里，那是一个很宽敞的、带两扇窗户的房间。两扇窗户中间靠墙的位置摆着一张写字桌，桌边放着一把旋转椅。在写字桌两侧的小架子上，每侧都放着一盆花，白瓷花盆带点蓝色装饰；窗台上也放着插满花的花瓶；房间一个大花盆里还养着一棵棕榈。写字桌的左桌角有一盏小油灯，金属灯座装饰得很精美，灯罩为白色的半球形。桌子上一般都会有几本书，但很少，主要是工作时最需要的书；还有一些需要紧急回复的文件。柜子和书架都靠墙摆放，书架上摆满了书，以历史、民族志和地区研究的书为主。现在，阿尔谢尼耶夫在符拉迪沃斯托克生活和工作过的街道均以他的名字命名，住过的房子的位置还立有纪念牌。哈巴罗夫斯克和符拉迪沃斯托克的博物馆以及一艘柴电船都以他的名字命名。在堪察加半岛和在阿瓦钦斯卡亚火山的北坡，有以阿尔谢尼耶夫名字命名的冰川，在千岛群岛还有阿尔谢尼耶夫火山。他的音容笑貌以雕塑的形式矗立在哈巴罗夫斯克（雕塑的作者是 L. 博布罗夫尼科夫），雕塑家 N. A. 皮萨列夫为阿尔谢尼耶夫制作的半身雕像在莫斯科国立大学地球科学博物馆展出。1956 年，为了纪念阿尔谢尼耶夫，发行了带有他头像的邮票。后来，还以他的作品为蓝本，拍摄了纪录片《德尔苏·乌扎拉》。在阿尔谢尼耶夫与德尔苏·乌扎拉会面的谢苗诺夫卡村周边建成的阿尔谢尼耶夫市，正在不断发展和壮大。

但对杰出的旅行家和探险家来说，最好的纪念方式就是阅读他的作品。这些充满爱国情怀的作品，对想要真正了解自己国家地理状况的年轻人而言，堪称最佳读物，况且这些作品不仅仅适合年轻人，还适合所有人阅读。虽然是许多年前写成的书，但至今仍是科技地理文学艺术的典范。

N. E卡巴耶夫

## 编后记

# 愿你我在森林中相逢

没有一个人会拒绝大自然。

没有一个时代会拒绝热爱大自然的人。

“所有的故事开始于第一缕春光、第一股春水，开始于大自然中万物苏醒的那一刻。”

这是世界生态文学和大自然文学的先驱，被称为俄罗斯最伟大的歌唱大自然的诗人和哲人米哈伊尔·米哈伊洛维奇·普里什文在《丹顶鹤的故乡》一书中所说的话。我们这一套“俄罗斯当代生态文学作品集”，虽不发端于春天，却酝酿在很多个春暖花开般的日子里。

俄罗斯文学一直是西苑出版社的发力点，而人与自然的关系一直是俄罗斯文学最重要的主题之一。俄罗斯生态文学历史发展悠久，尤其是20世纪以来，涌现出很多以生态保护为创作主题的作家，人与自然的关系问题成为他们进行深入哲学思考的主题，也是他们对大自然与国家和人民命运、人类未来发展关系的深刻认识的总结。由此形成独具特色的俄罗斯生态文学流派，在世界生态文学发展中占据着重要的地位。当我们致力于为这一选题寻找“枝叶花果”时，王金玲老师也带着“俄罗斯当代生态文学”作品、携手专业的翻译团队再次找到了我们。

理所当然地，这套“俄罗斯当代生态文学作品集”迎来了属于它的春天。

很多事情就是这么“恰恰好”。每一本图书、每一套图书的诞生亦是如此。俄罗斯生态文学作品在我国的译介方兴未艾，我们衷心感谢王金玲老师及整个团队的信任、支持，以及在合作过程中处处体现的专业能力和工匠精神。我们也愿意相信，王金玲老师及整个团队对于这套“俄罗斯当代生态文学作品集”扎根于“西苑”这片土壤，同样是感到幸运和满意的。

在生态问题愈发凸显、生态议题逐渐火热、生态文明建设日益深入的今天，我们经由这个选题走到了一起，以期增强我国读者对俄罗斯自然生态资源的了解，管窥俄罗斯作家笔下的人与自然的关系，以及人的内心世界和思维特点，乃至对我国生态文学的创作给予启发和借鉴。

就像两个热爱大自然的人，在森林中相逢。

回到这套书。

“俄罗斯当代生态文学作品集”本是教育部中俄人文交流与合作项目成果，共收录了 8 部作品，来自 3 位各具魅力的俄罗斯生态文学作家。所有作品均聚焦于大自然，却又不限于一般意义上的大自然。这是一种“综合的”“泛化的”生态文学，既描述了自然资源极为丰富的俄罗斯春夏秋冬交替过程中异彩纷呈的植物和动物世界，也关注到生活在原始森林深处的人和游走在大自然边缘的人；既深情歌颂了俄罗斯大自然的壮美，也关怀到大自然的命运乃至全人类的命运；既引导读者们进一步认识大自然，也展现了大自然本身；既讨论了现代化发展与自然生态之间不可避免的摩擦，也更多地寄希望于人与自然和谐共处、亲密发展的美好未来。

被誉为“伟大的牧神”“俄罗斯语言百草”的普里什文，他笔下的大自然永远生机勃勃，充满诗意与情感，每一种生灵都有自己的鲜明个性。这些特点都淋漓尽致地体现在《勿忘草》中。《勿忘草》仅有个别片段在国内被选译过，它的每一章节都有一个独立的主题，但这些主题并非完全割裂，而是关乎到自然万物、人类精神的方方面面，而人类与自然又是共生共存的，充分展现出普里什文对人与自然关系的探讨和呼唤。正如人们常说的，如果你不知道如何赞美大自然，那就去看普里什文吧！

《“灰猫头鹰”和海狸的故事》似乎对应着阿尔谢尼耶夫“三部曲”中的《德尔苏·乌扎拉》，它们都是描述或突出了一个具体的人物形象，由这个人物的经历或体验带出宏大的森林图景，从而展现出人们对自然保护的思考和努力。略有不同的是，《德尔苏·乌扎拉》中的向导德尔苏·乌扎拉主要还是置于整个探险队的发展路线而言，而《“灰猫头鹰”和海狸的故事》的聚焦性更强，叙述本身也更近似于一部小说。无论如何，两部作品都通过立体的人物塑造展现出了这个系列独一无二的人文性和艺术性。

《贝林杰耶夫密林》乃我国首次翻译出版，它在形式上贴近于《勿忘草》和《丹顶鹤的故乡》，可称为随笔集或札记，而不同于《“灰猫头鹰”和海狸的故事》呈现的强烈的故事叙述感；在内容上近似于《丹顶鹤的故乡》，均以某一区域为对象进行全面观察和整体思考，另一本《勿忘草》则从日常万物出发，更多地渗透出作家的哲思。《贝林杰耶夫密林》和普里什文的其他作品一样，蕴含着动人的美感，他的笔触真实又细腻，温柔又不失力量，将粗犷、陌生却又神圣伟大的原始森林形象淋漓尽致地展现在读者的眼前，让人仿佛身临其境。树木的砍伐与生长，机械化（现代化）与原始森林的碰撞，都在这里得到生动体现，而在《丹顶鹤的故乡》中，经济社会的发展变革与物种环境和生态保护的矛盾更是直接摆在作家的面前。是应该支持政府的排水工作，还是应该写文章来呼吁保护珍稀物种？最终，作家选择了后者。一切理所当然又水到渠成，却更加强调了作家的观点——人与自然和谐共处就是善良和美的最高境界。

区别于普里什文清新的文人形象，几乎同时期的阿尔谢尼耶夫充满了典型的俄罗斯“硬汉”气质。阿尔谢尼耶夫既是地理学家、作家，也是一名军官。《德尔苏·乌扎拉》《乌苏里边疆区游记》和《穿越原始森林》这“三部曲”均是阿尔谢尼耶夫对自己考察经历的记录。其中，《德尔苏·乌扎拉》和《乌苏里边疆区游记》分别描述了 1902 年、1906 年和 1907 年的考察，《穿越原始森林》

记录了 1927 年的整个考察过程。《德尔苏·乌扎拉》和《乌苏里边疆区游记》均非国内首次面世，但它以往更多地被纳入阿尔谢尼耶夫的《在乌苏里的莽林中》（由这两本书整理融合而成）一书中呈现，而非以单本形式出版。“三部曲”均围绕锡霍特–阿林山脉展开，也都涉及德尔苏·乌扎拉等人物，可以说是串成一线，各有偏重、各具特色而又彼此呼应、相互补充。

《乌苏里边疆区游记》通过阿尔谢尼耶夫的实地考察记录，精心呈现了一百多年前乌苏里边疆区的独特风貌，列举了很多远东地区特有的资源：壮美苍茫的原始丛林，险峻挺拔的山峰，纵横密布的河流，丰饶的动植物，暴雨和暴风雪，生活其间的各民族的习俗、故事，以及考察队在旅途中的各种遭遇……处处可见作者对大自然的敬畏、热爱，作品还率先提出了如何保护动物、建立自然保护区的问题。《德尔苏·乌扎拉》则通过考察队的关键人物——向导德尔苏·乌扎拉，展现原始森林的样貌和“性格”，以及在原始森林里生存的原则和规律。以《德尔苏·乌扎拉》为书名而非《乌苏里边疆区考察记》（尽管有撞名之嫌），就已经渗透出这本书的人文关怀，以及阿尔谢尼耶夫对朋友德尔苏·乌扎拉的深切纪念。最令人印象深刻的莫过于作家朴实而真挚的表达，让大自然展现出浓重的“人性”一面，具备人文艺术性，难怪普里什文曾这样评价阿尔谢尼耶夫：“他笔下的大自然是反映纯洁心灵与真实物质世界完美融合的诗歌。”

《穿越原始森林》是阿尔谢尼耶夫“三部曲”中的最后一部

作品，也是篇幅最短的一部。它讲述了阿尔谢尼耶夫最后一次考察锡霍特－阿林山脉时发生的故事，记录了这个地区美丽的自然风光和特征鲜明的当地居民的生活，展现了俄罗斯远东地区幅员辽阔的精彩画卷。与前两部作品不同的是，相比于动植物，这部作品更多地关注了不可逾越的河流和未曾踏足的原始森林。有趣的是，这本书是这套作品集中唯一一本由男性译者翻译的作品，呈现出来的译文风格更能让人感受出男性译者的简练和果断，而这正好也契合《穿越原始森林》自身体现的特点（区别于《乌苏里边疆区游记》的浪漫和《德尔苏·乌扎拉》的人情），这倒值得读者们体味感受一下。

需要格外说明一下的是，《德尔苏·乌扎拉》原作为30章，翻译后的作品为20章，译者是按照突出表现德尔苏·乌扎拉这一人物形象为主的原则进行删减的，并在不影响作品整体结构的前提下，对原作中偏离主人公形象描写的章节进行了删减，如关于负面情感、容易引起读者负面情绪的故事情节，以及不符合当地人形象的细节描写，等等。《乌苏里边疆区游记》原作全书含后记共40章，阿尔谢尼耶夫的考察路线共分为三个部分：第一部分是从乌苏里江铁路沿线出发，直到圣奥莉加湾，完成从内陆到海边的考察；第二部分是在圣奥莉加湾周边做了短线考察后，从圣奥莉加湾出发沿海岸线考察；第三部分是从海岸线返回到内陆伊曼河，结束考察。第三部分经历的地形和叙述方式与第一部分类似，第二部分主要是海岸线周边的地形地貌特征，因此，基于整体体量考虑，这本书以考察线路的相对完整为删减原则，只选取了考察线路的第一部分进行翻译出版。

“俄罗斯当代生态文学作品集”中的单本《虎啸风生》，来自俄罗斯当代最会讲老虎故事的人——奥列格·尼古拉耶维奇·沃罗诺伊。沃罗诺伊用一个个小故事为读者们铺开了一幅森林画卷，各种各样的老虎形象及故事酣畅淋漓地展现出来。这不是一本科普书，其目的并非普及老虎尤其是俄罗斯远东地区原始森林里的东北虎，而是在描述东北虎的特征和生活习性的基础上，以文学形式展示了原始森林地区人们对东北虎的态度，对赖以生存的自然环境的保护意识，并借由人和老虎的关系，延伸到对人和自然关系的讨论。看到最后，你不觉得老虎是老虎，这位最漂亮、最强壮也最凶猛的泰加林之王，是不需要靠“语言”这种东西来表达就能彼此理解的所谓“动物”（原文有多处相关表述），它是人类的敌人、威胁，亦是人类的邻居、伙伴。老虎的身上不仅拥有人类生活在地球上引以为傲的所具有的人性（大可不必），更具备大自然赋予的最原始的灵性，而后者在森林遭受滥伐、环境遭到严重破坏的今天反而更显难得和珍贵，仅从这一点来说，都是我们务必将这本书列入生态文学系列的理由。

故事的叙述，思想的传递，都离不开作家的妙笔生花。普里什文一如既往充满诗意和情感的表达、赋予每种生灵以鲜明个性的创作艺术风格在这些作品里都得到了最自然的发挥；阿尔谢尼耶夫善于把情感与理性妥善地结合起来，笔触真实而美好，作品虽名义上为考察记录，却人文色彩浓郁，兼顾了文学的可读性；沃罗诺伊笔下大量的第一人称叙事或对话让人仿佛置身森林中猎人的小木屋里，窗外是从西伯利亚刮来的寒风，屋内壁炉的炭火不时烧出噼里啪啦的声音，而我们围坐炉边，听一个个关于老虎的故事，不时惊叹。

无论如何，在这些作家的笔下，大自然才是所有故事的绝对主角。

不同于中国人惯用的循序渐进、委婉迂回的表述，区别于东方或西方典型风格的俄式抒情 / 感叹 / 幽默可能会让一些读者一时不能适应，甚至感到哭笑不得。然而，随着阅读的适应和融入，你会慢慢甄别出其中的独特味道，好似一碗鲜红色的俄式红汤，初时不适应，慢慢地，你就会发现这里不仅有牛肉、土豆、胡萝卜、甜菜根这些多样又丰富的内容，还有月桂、香芹这些佐料的多重风味，让人了解到独具魅力的俄罗斯文化。

当然，俄式风情的畅快表达也离不开译者的得力翻译。王金玲老师及整个团队对这套书的译文质量做了整体保障，译者们尽最大可能将原作的语言风格尤其是中心精神还原出来。无论是阿尔谢尼耶夫和德尔苏·乌扎拉从暴风雪中死里逃生，还是“灰猫头鹰”竭尽全力寻找两只小海狸，无论是虎口逃生，还是密林风光，都让人轻易“失足”跌入作品营造的故事和氛围中，同喜同悲，同乐同苦。

不可否认，书里所提及的山川河流以及原始森林地区难免存有争议，关于中国人的描写，也并非总是积极乐观的。在客观、理性、正面看待历史问题的今天，我们对此有所处理，却也适当保留，因为从某种意义上来说，它宝贵地记录下了那段时期那个地区那些人的几乎已经消失的生活方式和历史。勤劳勇敢的中国人，始终是大自然的亲密朋友。

作为出版者，我们诚挚地邀请您赶赴这一场森林之约。“俄罗斯当代生态文学作品集”是一个起点。我们祈望它是春天的一记信号，亦是一场春雷，当春光乍泄、春水涌动之时，我们每个人都能感受到大自然之美，而每个人的心里，也都拥有属于自己的大自然。

愿你我在森林中相逢。

**图书在版编目（CIP）数据**

穿越原始森林 / (俄罗斯) 弗拉基米尔·克拉夫季耶维奇·阿尔谢尼耶夫著 ; 李更伟译. -- 北京 : 西苑出版社, 2022.2

ISBN 978-7-5151-0791-2

Ⅰ. ①穿… Ⅱ. ①弗… ②李… Ⅲ. ①中篇小说—俄罗斯—现代 Ⅳ. ①I512.45

中国版本图书馆CIP数据核字(2021)第251517号

# 穿越原始森林

CHUANYUE YUANSHI SENLIN

| | |
|---|---|
| 策划编辑 | 赵　晖 |
| 项目统筹 | 汪昊宇 |
| 责任编辑 | 樊　颖 汪昊宇 |
| 装帧设计 | 黄　尧 |
| 责任印制 | 陈爱华 |
| 出版发行 | 西苑出版社 XIYUAN PUBLISHING HOUSE |
| 地　　址 | 北京市朝阳区和平街11区37号楼　邮政编码：100013 |
| 电　　话 | 010-88636419 |
| 印　　刷 | 三河市嘉科万达彩色印刷有限公司 |
| 开　　本 | 880mm×1230mm　1/32 |
| 字　　数 | 111千字 |
| 印　　张 | 5.5 |
| 版　　次 | 2022年2月第1版 |
| 印　　次 | 2022年2月第1次印刷 |
| 书　　号 | ISBN 978-7-5151-0791-2 |
| 定　　价 | 49.80元 |

（图书如有缺漏页、错页、残破等质量问题，请与出版社联系）